KB147954

나무여,
너의 안부를
묻는다

나무여,
너의 안부를 묻는다

지은이 송용구
발행처 도서출판 평단
발행인 최석두

신고번호 제2015-00132호
신고연월일 1988년 7월 6일

초판1쇄 인쇄 2018년 8월 1일
초판1쇄 발행 2018년 8월 10일

우편번호 10594
주소 경기도 고양시 덕양구 통일로 140(동산동 376) 삼송테크노밸리 A동 351호
전화번호 (02) 325-8144(代)
팩스번호 (02) 325-8143
이메일 pyongdan@daum.net
블로그 http://blog.naver.com/pyongdan

ISBN 978-89-7343-510-4 03800

값 14,500원

이 도서의 국립중앙도서관 출판예정도서목록(CIP)은 서지정보유통지원시스템 홈페이지(seoji.nl.go.kr)와 국가자료공동목록시스템(www.nl.go.kr/kolisnet)에서 이용하실 수 있습니다. (CIP 제어번호: CIP2018021234)

나무여, 너의 안부를 묻는다

아낌없이 주는 자연에게
이제 우리가 물어야 할 시간

송용구 지음

평단

들어가는 말

환경오염과 생태파괴 현상은 '지구 온난화'로 대표되는 '기후 변화'를 초래했다. 20세기와 비교하여 몇 배나 더 증가한 태풍의 출몰, 때 아닌 살인적 무더위의 습격, 빙하의 붕괴로 인한 해수면의 급격한 상승, 이상 한파로 인한 집단적 동사凍死 등……. 기후 변화로 인한 대재앙의 비극이 동서양의 경계를 넘나드는 진혼가의 눈물강江을 만들었다. 인류는 '생명'을 가진 모든 종種의 멸종에 대한 개연성을 배제할 수 없는 현실상황에 직면했다. 지구 온난화와 기후 변화는 인류의 미래를 위협하는 중대한 사회문제가 되었다.

UC 버클리캠퍼스 통합 생물학과 교수로 재직하고 있는 앤서니 바노스키 박사를 포함하여 22명의 자연과학자들로 구성된 연구진은 2012년 6월 8일 〈네이처〉 지에 자신들의 연구결과를 발표하면서 다음과 같이 경고했다.

"1만 2000년 전 마지막 빙하기가 끝난 뒤 세계는 멸종의 임계점과 예측할 수 없는 규모의 변화를 향해 가고 있다(서울신문 2012년 6월 8일자 보도 참고)."

연구진의 경고는 이제 지구 온난화와 기후 변화라는 전 세계적 '생태문제'가 지역과 문화권의 경계를 초월하는 글로벌 '사회문제'로 인식되고 있다는 증거이기도 하다. 바노스키 박사 연구진의 연구 대상은 '지구의 기후 변화와 생태(계), 그리고 지구의 임계점'이었다. 바노스키 박사는 "지구 전체 면적의 30%가 얼음으로 덮였던 마지막 빙하기 말부터 지금처럼 얼음이 거의 없는 상태로 바뀌기까지 3000년이 채 걸리지 않았다"고 말했다. 그가 경고한 "멸종의 임계점"을 앞당기는 현상은 지구 온난화로 대표되는 기후 변화다. 그가 우려하고 있는 "예측할 수 없는 변화"의 중심에 자리 잡은 현상 또한 기후 변화다.

"오늘날 인류는 자연보다 더 빠른 속도로 더욱 큰 변화를 일으키고 있다. 우리가 지난 200년간 이룬 모든 변화는 과거 지구에 발생했던 어떠한 큰 사건보다도 큰 변화를 가져왔다"는 바노스키 박사의 진단은 기후 변화로 인한 인류 멸망 및 생물 멸종의 실현 가능성이 결코 낮은 확률이 아님을 말해주고 있다. 지구촌의 현실로 굳어진 기후 변화는 자연의 생식능력과 자정능력이 쇠약해짐에 따라 생태계의 순환질서가 망가져가는 현상을 반증한다. 그렇다면 기후 변화로 인하여 예견되는 대재앙과 멸망의 개연성을 극복하는 것은 인류의 공동 과제가 되었다. 이러한 시대상황 속에서 '노아의 대홍수' 같은 대재앙과 지구의 난파를 막아내기 위해 모든 독자에게 예술적 옐로카드를 높이 치켜든 작가들을 초청했다. 한국과 유럽 작가 40인의 예술적 옐로카드를 문학의 전문용어로 옮긴다면 '생태문학' 혹은 '환경문학'이라고 명명할 수 있을 것이다.

생태계를 위기상황으로 몰고 가는 사회적 원인들을 규명함으로써 사람과 자연 간의 관계를 비판적으로 성찰하게 된 현대문학을 유럽 문단에서는 '생태문학'이라고 불러 왔다. 생태문학은 파괴된 자연환경의 실상을 사실적으로 묘사하면서도 묘사에만 중점을 두지는 않는다. 생태문학은 자연의 생명력과 생태계의 자정능력을 객관적으로 진단함으로써 사람과 자연 간의 관계가 어떻게 변화되었는가를 사실적으로 표명하는 문학이다. 한걸음 더 나아가 생태계를 파괴하는 원인들을 비판하면서 사람과 자연 간의 상생이 지속적으로 이루어질 수 있는 미래지향적 대안사회를 찾아나가는 능동적 참여문학이다.

필자는 한국과 유럽의 작가 40인의 생태문학 작품을 인문학의 시각으로 바라보면서 머레이 북친, 자크 데리다, 표트르 알렉세예비치 크로포트킨 등 세계의 사상가들이 갖고 있는 철학의 렌즈로 생태문제와 환경문제를 탐색했다. 필자의 책이 사람과 자연 간의 유대감을 두텁게 하고 기후 변화로 인한 임계점으로부터 인류를 점점 더 멀어지게 하는 조력자가 되기를 바란다.

2018년 4월 5일

저자 송용구

차례

아르님 유레

페터 쉬트

김지하

이건청

최영철

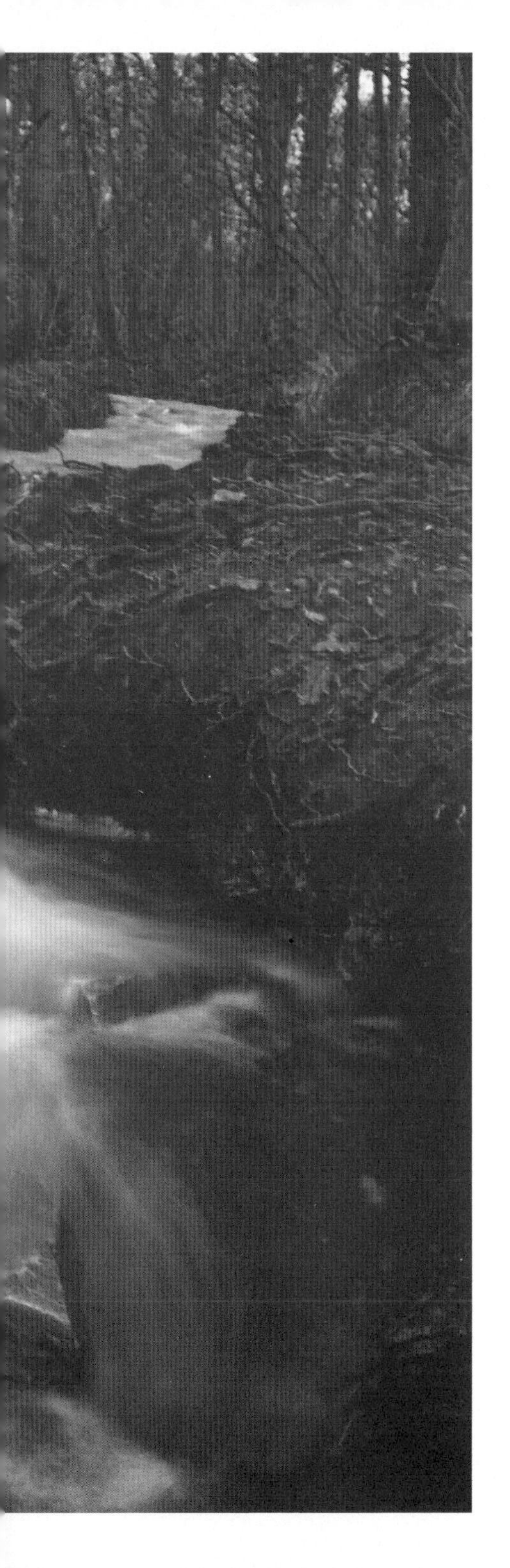

제1장

어찌하여 사람에게 만물을 다스릴 권한을 주셨단 말입니까?

01

생태문제는 사회문제인가?

미국의 철학자 머레이 북친Murray Bookchin은 저서 《사회 생태론의 철학Philosophy of Social Ecology》에서 "생태문제는 사회문제"[1]라고 확신에 찬 목소리로 주장했다. 그는 "현 시대의 생태문제는 사회문제로부터 파생"[2]되었기 때문에 생태계의 위기를 극복하는 길은 "생태문제의 틀과 사회구조 그리고 사회이론을 어떻게 유기적으로 결합시켜 사유할 것인가"[3]에 달려 있다고 보았다.

생태eco의 어원은 그리스어 오이코스oikos이며, '집'이라는 뜻을 갖고 있다. 우리가 살고 있는 지구를 집이라고 한다면 이 집에서 함께 살고 있는 가족은 누구인가? 자연과 인간이 아닌가? 물과 공기와 흙에 의지하여 살아가는 인간과 나무와 새와 꽃 그리고 '생명'을 가진 모든 동식물이 '지구'라는 집에서 동거하는 가족이라고 말할 수 있다. 그 누구보다도 이렇게 믿고 있는 사람이 머레이 북친이다.

그러나 자연과 인간의 공동 주택인 지구는 이미 반세기 전에 북친이 염려했던 '생태 위기'[4]의 상황에 직면했다. 집 곳곳에 구멍이 나고 물이 새는 것처럼, 온난화를 비롯한 '기후 변화' 현상으로 인해 지구의 곳곳에서 재앙이 끊이지 않고 있다. 생태계를 파괴한 결과로 인과응보처럼 인류에게 닥쳐온 기후 변화는 지구의 존립을 위협하는 사회문제가 되었다. 북친의 예견이 적중한 것이다.

모든 생물을 길러주는 어머니와 다름없는 물, 공기, 흙. 이들은 지구라는 집을 지탱하는 토대이다. 그런데 이들이 병들어간다. 사람의 몸에 비유해보자. 물의 핏줄은 혼탁하고 공기의 숨결은 가쁘고 흙의 살결은 창백하다. 비와 눈도 더 이상 반가운 손님의 얼굴이 아니다. 산성酸性이라는 무기를 가슴에 품고 생물들을 공격하는 가해자로 인간에게 인식된 세월이 벌써 수십 년이나 흘렀다. 옥수수, 오렌지, 포도, 파인애플, 사과, 배 등은 인간의 식탁에 베풀어지는 자연의 선물이다. 그러나 하늘과 대지의 조화로운 사랑 속에서 태어난 이 열매들조차도 화학물질에 오염된 것이 아닐까 하는 불안한 마음으로 망설이며 먹어야만 한다.

이 모든 현상들이 머레이 북친이 말한 생태 위기를 증명하는 일상의 모습이다. 지구의 온 가족을 생태 위기의 막다른 골목으로 몰고 간 근본적 원인은 무엇일까? 개개인의 지나친 소유욕, 생산과 수익에만 중점을 두는 기업의 성장전략, '성장'에만 초점을 맞추는 국가의 경제정책, 군사력과 경제력을 바탕으로 타국보다 우월한 위치를 차지하려는 세계열강의 패권주의 등이 복합적으로 작용한 까닭이 아닌가? 존엄성과 인격을 가진 인간이 '자본'의 가치로 환산되어 '상품'의 등급으로 판정받은 끝에 '효용'의 지수에 따라 대우를 받게 되었다. 소유한 물질을 마음껏 소비하면서 체험하게 되는 편리와 쾌락이 인간의 정신을 마네킹처럼 마비시킨다. 더 많은 물질과 더 빠른 기술을 소유하려는 도시인들의 욕망이 녹색의 마을에서 나무들과 꽃들을 내쫓고 그들의 터전인 흙을 콘크리트로 바꿔버린다.

독일 시인 아르님 유레Arnim Juhre의 시를 주목해보자. 소유와 소비에 길들여진 인간의 물질적 욕망이 인간 스스로를 생태 위기의 막다른 골목으로 몰고 갔다는 것을 아르님 유레는 신神을 향한 원망의 반어적 어법으로 비판하고 있다.

나의 하느님! 솔직하게 말씀드립니다

당신의 이름이 이처럼 값싼 것이 되다니요

어찌하여 당신은

사람을 그토록 강한 존재로 높여 놓으셨단 말입니까?

어찌하여 당신은

당신의 아름다운 혹성 위

흙과 영靈으로 빚으신 아담의 자손, 사람에게

만물을 다스릴 권한을 주셨단 말입니까?

어찌하여 당신은

사람의 손에 당신의 작품인 그 혹성을 맡기셨단 말입니까?

새들, 물고기들, 대지, 숲

이 모든 생명이 이미 사람에게 약탈된 물건이 되었습니다

사람은 자신에게 필요한 것만을 길러냅니다

모든 것을 시장 가치로 값을 매기고

길들이고, 도살하고, 걸러내고, 증류합니다

동물원에는 마지막 야생 동물을

마지막 종種으로 전시해 놓습니다

- 아르님 유레의 〈아직 태어나지 않은 아이들이 알람을 울린다. 시편 8〉[5]

아르님 유레의 시는 북친이 지적한 바 있는 '생태 위기'에 대한 문학적 엘로카드로 읽힌다. 유레와 함께 동시대를 살아가는 시인들의 경보음이 중단 없이 울리는 까닭은 무엇일까? "새들과 물고기들과 대지와 숲"을 비롯한 "모든 생명"을 "물건"으로 취급하여 상품으로 둔갑시키는 시스템이 넓어지고 있기 때문이다. 자연의 생명을 "시장 가치"로 바꾸어 이윤을 얻으려는 탐욕이 팽창하고 있기 때문이다. 시장 가치로 "값을 매길" 때 이윤이 남는 생물은 "길들임"과 "도살"과 "걸러냄"과 "증류"의 과정을 통해 상품으로 가공되고 활용된다. 그러나 이윤을 남기지 못하는 생물은 폐품으로 분류되어 폐기처분을 당한다. 시장 가치의 계산법에 따라 최소한의 이윤이라도 남길 수 있는 생물이라면 상품의 라벨을 붙이는 유용한 물건이 된다. 그러나 이윤 '0'으로 계기판에 기록된 생물이라면 생명을 가진 존재임에도 상품의 효용성이 없는 까닭에 '존재 가치'를 박탈당한다. 나무도, 숲도, 새들도, 그들을 키워준 대지도 사람의 소유욕과 소비욕을 충족시키는 도구의 기능을 발휘하는 경우에만 존재 가치를 인정받는다. 물고기들도, 수초水草들도, 그들을 길러준

아르님 유레의 시집 《아직 태어나지 않은 아이들이 알람을 울린다》 표지. 그가 지은 노래 가사들도 시와 함께 수록되었다.

Chris Combe (Out there)

강과 바다도 사람의 필요와 이익을 만족시키는 경우에만 물건의 목록에 이름을 등재할 수 있다.

찰리 채플린의 무성 영화 〈모던 타임즈Modern Times〉[6]에서 컨베이어 벨트를 타고 상품의 마지막 단계를 향해 전진하는 주인공 찰리! 그 영국 신사처럼 인격을 가진 사람조차도 시장 가치의 등급에 따라 상품으로 활용되고 있다. 인간성이 상품이나 부품으로 전락하는 현상은 산업혁명 이후 21세기의 지금까지 공장의 컨베이어 벨트가 돌듯이 반복되고 있는 기괴한 현실이다. 부조리한 현실의 사이클이 무려 200년 이상이나 반복되다니! 이러한 사회구조 안에서 자연의 "만물"은 생명권生命權을 보장받지 못하는 물건으로 분류되어 '자본' 중심의 효용성에 따라 처분이 결정된다.[7]

시장 가치에 종속되어 있는 생명의 가치를 해방하지 않는다면 "동물원에 마지막 야생 동물을 마지막 종種으로 전시하는" 종말의 임계점에 부딪칠 수도 있다. 인류가 생물학사生物學史의 마지막 페이지에 마지막 종種으로 기록될[8] "알람"의 경보음이 울릴 수도 있다.

파국을 막을 수 있는 대안은 무엇일까? '가치'에 대한 인간의 패러다임을 바꾸는 것밖에는 별다른 방도가 없다. 독일 작가 크리스타 볼프Christa Wolf가 충고한 것처럼 "좀 더 빨리, 좀 더 높게, 좀 더 좋게"만을 외치는 시장 가치의 체계와는 근본적으로 다른 가치의 체계를 도입해야 할 것이다.

다른 가치의 체계란 무엇이어야 하는가? 그것은 시장 가치를 다스리는 '생명 가치의 시스템'이다. 자본주의의 역사가 시작된 이래로 지금까지 최우선의 가치를 점유했던 시장 가치의 체계를 생명 가치의 시스템 아래 종속시키는 것이다. '소통' 이론의 대가 위르겐 하버마스J. Habermas의 말처럼 자본에게 "종속"된 생명의 "식민구조"를 해체하려는 노력이 필요하다. 인류가 '지구'라는 거대한 박물관에 마지막 생물의 화석으로 전시될[9] 마지막 전람회를 막을 수 있는 길은 '가치' 패러다임을 바꾸는 것이다.

02

생태사회로 나아가려면 '지배구조'를 해체하라!

우리 사회가 생명의 가치와 정신의 가치를 외면하고 물질의 가치만을 추구하면서 소유의 욕망에 길들여진다면 가족 간의 상생이 어렵지 않겠는가? 우리의 가족은 인간만이 아닌 자연과 인간의 생명공동체이다. 자연과 인간의 상생이 어려워지는 까닭에 가족의 집인 지구 전체가 흔들리는 현상이 머레이 북친이 경고했던 '생태 위기'인 것이다. 북친의 말처럼 "인간에 의한 자연지배"가 생태 위기를 일으킨 직접적 원인이라고 한다면 이 자연지배의 현상은 "인간에 의한 인간지배"에 근본적 원인을 두고 있다. 인간을 수단으로 이용하는 '인간지배'의 풍조가 자연을 도구로 남용하는 '자연지배'로 이어지면서 생태 위기의 속도를 빠르게 만든 것이다.

"인간에 의한 자연지배는 인간에 의한 인간지배에서 기인起因하기 때문에 위계질서와 지배체제를 비판하고 해체하는 것이 현재의 생태 위기를 해결할 수 있는 유일한 길이다."[10)]

- 《사회생태론의 철학》(머레이 북친 지음, 문순홍 옮김, 솔 출판사) 중에서

글로벌 사회문제로 굳어진 생태문제는 해결하기 쉽지 않은 인류의 과제이다. 그러나 북친은 "위계질서와 지배체제를 비판하고 해체하는" 것을 생태문제의 해법으로 제시하고 있다. 독재 권력으로 민중의 자유와 인권을 억압하거나, 기업주가 노동자들의 노동력과 임금을 착취하는 "인간에 의한 인간지배" 구조를 해체해야 한다는 것이다. 그것을 해체하지 않는다면 자연의 생식능력과 자정능력을 착취하는 "인간에 의한 자연지배"의 구조가 갈수록 강화될 뿐이다. 공화국의 주권을 갖고 있기에 모든 권력의 근원이 되어야 할 국민! 에리히 프롬Erich Fromm의 지적처럼 그 국민이 독재자의 '사디즘'[11)]적 정치 리모컨에 일방적으로 조종당하는 '마조히즘'[12)]적 정치 구조를 거부하면서 '자유'를 지켜내려는 능동적 정치 구조를 구축해 나가야만 한다. 국민의 주권과 인권이 억압당하지 않는 사회구조에서만 자연의 생명권을 보호할 수 있는 '생태사회'의 구조를 기대할 수 있다.

독일의 대사상가 마르크스Karl Marx[13]에게서 크나큰 영향을 받은 사회주의자 머레이 북친! 그는 사회주의 사상에 토대를 두고 그의 독특한 아나키즘 이론과 사회생태론Social Ecology를 발전시켰다. 그는 마르크스의 명저 《자본론Das Kapital》에서 노동자들의 시간과 임금과 노동력을 야금야금 갉아먹는 자본가들의 '착취구조'를 비판한 것에 주목했다. 그런데 이 경제적 착취구조는 고스란히 자연에 대한 인간의 착취구조로 전이될 수밖에 없는 부조리를 안고 있다고 북친은 내다보았다. 그렇다면 이러한 지배구조와 위계질서를 해체하고 자연과 인간의 상호의존이 원활하게 이루어지는 '생태사회'의 초석을 다지는 시초는 무엇보다도 인간의 사고방식에 달려 있지 않겠는가?

자연과의 관계에 대하여 인간은 어떤 사고방식을 가져야 하는가? '지구'라는 집에서 인간과 동거하고 있는 물, 공기, 흙, 나무, 새, 꽃, 풀, 곤충! 생명을 가진 이 모든 존재를 인간과 함께 '사회'를 지탱하는 사회적 동료로 존중해야 하지 않겠는가? 자연을 '인간만의 자연'으로 예속시켰던 멍에를 이제는 자연으로부터 벗겨 주어야 하지 않겠는가? 인간 중심의 사고방식을 지양하고 '생명 중심'의 사고방식을 지향해 나가야 한다. 사회학자 앤서니 기든스Anthony Giddens가 전망했던 "제3의 길"[14]은 이러한 생명 중심의 패러다임에서 열릴 것이다.

© Chris Combe (Still life)

자연을 사회의 주축으로 복귀시키는 제3의 길! 이 길은 인간과 자연이 서로 다른 존재양식과 역할을 갖고 있다는 '차이'를 인정하는 지점에서부터 열린다. 프랑스의 해체주의 사상가 자크 데리다 Jaques Derrida가 말한 것처럼 자연을 인간과는 존재 양식이 다른 '타자他者'로 바라보는 유연한 상대주의적 사고방식이 필요하다. 인간의 '주체' 속에 자연을 가두어 놓고 주체의 입장에서만 자연을 관념적으로 규정하는 태도를 지양해야 한다. 주체의 밀실에 갇혀 있던 자연을 독립적 존재로 해방해야 한다. '타자'인 자연의 입장에 서서 수평적 시각으로 자연의 고유한 역할을 존중하는 '탈脫주체'의 사고방식을 길러야 한다.[15] 인간은 자연에게서 혜택을 부여받고 자연은 인간에게서 보호를 받는 생태적 상호의존의 네트워크를 유지할 수 있는 전제조건은 무엇일까? 그것은 인간이 '주체 중심'의 사고방식을 탈피하는 것이다. 인간만이 주체가 되어 객체이자 대상인 자연을 지배할 수 있다는 오만을 버리는 것이다.

우리는 18세기 계몽주의 시대 이후에 인류에게 널리 알려진 '천부인권' 사상을 잘 알고 있다. 모든 인간은 태생적으로 자유롭게 행복을 누릴 권리를 하늘로부터 부여받았으며 그 권리는 높고 낮음이 없이 평등하다는 것을 뜻한다. 로크, 볼테르, 루소 등 계몽사상가들에 의해 전파된 사상이다. '사람이 곧 하늘'이라는 의미의 인내천人乃天을 토대로 출발한 한민족의 동학東學도 천부인권을 옹호하는 사상이 아닌가? 그러나 지금 우리는 '지구'라는 집에 거주하는 공동 세입자의 평등한 권리까지도 생각해야 하는 시점에 이르렀다. 이 공동 세입자는 누구인가? 인간과 자연이 아닌가? 이제는 자연에게도 세입자의 권리를 인정해주어야 한다. '지구'라는 다세대 주택에서 살아가는 인류가 다른 세대인 모든 생물에게 보장해야 할 권리는 천부생명권天賦生命權이다. 인간의 천부인권과 함께 모든 생물의 천부생명권을 옹호하는 '생태사회'의 공동 세입자 의식이 절실하다.

03

생명권의 평등과 만물의 상호부조가 이루어지는 생태사회

어떤 생물이든지 태생적으로 하늘과 대지로부터 생명을 부여받았다. 그러므로 모든 생물은 자신의 생명을 유지할 권리를 갖고 있으며 누구나 예외 없이 평등한 생명권生命權을 갖고 있다. "위계질서와 지배체제를 해체해야 한다"는 머레이 북친의 주장으로부터 인간 상호 간의 평등을 인간과 자연 간의 평등으로 확대해야 한다는 소망을 읽을 수 있다. 그 평등이란 곧 '생명권'의 평등이다. 독일 시인 페터 쉬트Peter Schütt의 시로부터 생명권의 평등을 옹호하는 생태사회의 실현 가능성을 전망해보자.

북해 연안의
모래톱에 펼쳐진 바다는

독일연방공화국의 것도 아니고

네덜란드나 덴마크의 것도 아닙니다

그 바다는 정유회사 ESSO의 것도

BP의 것도 아닙니다

그 바다는 유일하게도

바닷가를 달리는 사람들과 모래톱의 달팽이들

좀조개와 후추조개

게와 새우들

바다전갈들

가자미와 청어들의 것입니다

그 바다는 빙어와 큰 가시고기

줄무늬 청어와 혀가자미

물개와 바다표범

검은머리 물떼새

작은 도요새

흑기러기와 솜털오리

장다리 물떼새와

갈매기와 바다제비의 것입니다

그 바다는 샤르회른 지방의 조류보호 감시자와

쥘트 지방의 천진난만한

벌거숭이 아이들의 것입니다

나는 단호히 주장합니다

이 소유관계를

결코 바꾸지 말 것을

- 페터 쉬트의 〈소유관계〉[16)]

"바다"는 개인의 전유물도, 회사의 자본도, 국가의 재산도 아니다. 시인이 주장하는 "소유관계"는 자본주의 시스템에 근거를 둔 것이 아니다. 그가 믿고 있는 소유관계는 만물이 생명공동체의 동등한 구성원으로서 살아가야 한다는 '생태주의'적 소유관계이다. 이 소유관계는 시인의 상상력을 통해 창조된 패러다임이 아니다. 태초부터 근원적으로 존재했던 고유한 소유관계이다. 시 〈소유관계〉에서 자연의 대표로 등장하는 바다는 개인과 회사와 국가의 소유물이 아니다. 바다는 모든 생물의 공생共生의 터전이다. 이 사실은 어떠한 존재도 자연의 주인이 될 수 없다는 것을 뜻한다. 굳이 주인을 지목한다면 "바닷가를 달리는 사람들"과 "조류 보호 감시자"와 "천진난만한 벌거숭이 아이들"을 포함하여 바다에 살고 있는 모든 생물이 바다의 주인일 것이다.

인디언 수쿠아미쉬 족의 추장 '시애틀'은 부족의 땅을 팔라고 요구하는 워싱턴 시장에게 보낸 편지에서 다음과 같이 말했다고 한다.

"어떻게 저 하늘이나 땅의 온기를 사고 팔 수 있습니까? 아무리 생각해봐도 참 이상하군요. 공기의 신선함과 반짝이는 물을 우리가 소유하고 있지도 않은데 어떻게 그것들을 팔 수 있다는 말입니까?"

시애틀의 생각처럼 자연의 존재 가치는 결코 자본의 값으로 환산될 수 없다. 상품의 등급으로 평가될 수도 없다. 자연은 인간의 지배권 아래 종속된 대상이 아니다. 효용과 기능을 만족시키는 물건도 아니다. 인간과 모든 생물이 동반자로서 함께 가꾸어 나갈 공동의 살림터가 자연이다. 그렇다면 인간이 바다에 대해 주장할 수 있는 권리의 한계는 어디까지인가? 달팽이, 조개, 게, 새우, 전갈, 가자미, 청어, 빙어, 가시고기, 물개, 바다표범, 물떼새, 도요새, 갈매기와 함께 바다에 세 들어 사는 세입자의 권리로 만족해야 하지 않겠는가? 시인들이 꿈꾸는 미래의 멋진 신세계, 생태사회는 세입자의 권리를 만물이 공유하는 사회가 아닌가? 인간도 그 만물 중의 일원이라는 진실을 부인할 수 없다. 만물은 누구 하나 예외 없이 생명공동체를 형성하는 독립적 구성원의 역할을 감당하면서 서로 연합하고 있다. 그 엄연한 사실을 김지하의 시에서 보게 된다.

풀잎들 신음하고

흙과 물 외치는 날

나

오랜만에

교회에 간다

산 위에 선 교회

벽만 있는 교회

지붕 없는 교회

해와 달과 별들이

나와 함께 기도하고

혜성이 와 머물고

은하수와 성운들 너머

먼 우주가 내려와 춤추고

여자들이 벌거벗고

웃는다

흰 수건 흔들며 노래한다

유혹인가

나의

새로운 교회

풀잎의 흙과 물의 교회

새

예수회 교회

꿈인가

- 김지하의 〈새 교회〉[17]

김지하가 노래하는 "새 교회"는 인공적으로 건설한 성전聖殿이 아니다. 그가 찬미하는 교회는 인간인 "나"와 나의 형제들과 자매들이 함께 "기도"하면서 호흡을 나누는 생태사회이다. 나의 형제들과 자매들은 누구인가? "풀잎", "흙", "물", "해", "달", "별", "혜성"이다. 김지하는 그의 시 〈공경〉에서 "사랑은 공경/ 높여야 흐르는 법"이라고 말한 바 있다. 위의 시 〈새 교회〉에서도 시인은 우주 안에서 살아가는 만물을 "공경"하여 그들을 형제와 자매로 "높여" 준다. 지금까지 인간에 의해 수단으로 이용당하고 도구로 남용되었던 만물을 시인은 자신과 동등한 동반자로 공

숲속에 있는 독일의 어느 교회. 만물이 형제와 자매로서 공생하는 자연의 품속은 녹색의 "새 교회"다.

경하고 있다. 혜성, 별, 달, 해, 물, 흙, 풀잎 등 '생명'을 가진 모든 존재들과 함께 시인은 생명공동체의 일원으로 결속된다. 시인을 포함하는 생명공동체의 모든 구성원들은 "산"이라는 대자연의 예배당에서 서로를 '한울님'처럼 섬기며 공경을 주고받는다. 생명권生命權의 평등이 이루어지는 녹색의 생태사회가 "산" 위에 신세계로 서 있다.

생태사회 안에서 인간과 함께 살아가는 생명체들은 인간과 동등한 생명권을 가질 뿐만 아니라 동등한 시민권市民權까지도 부여받는다. 인간이 아닌 존재가 어떻게 시민권을 가질 수 있는가? 오스트리아의 철학자 마르틴 부버Martin Buber는 한 그루 나무에 대하여 "나와 함께 세계를 형성해야만 하는" 존재라고 말한다. 생명을 가진 모든 존재는 인간과 함께 생태사회를 형성하고 그 사회를 인간과 함께 지탱해나가는 독립적 주체인 것이다. 자연을 더 이상 객체이자 대상으로 규정해서는 안 된다. 부버가 협력의 파트너로 삼고 있는 나무와 김지하에 의해 '새 교회'의 신도가 된 풀잎, 흙, 물 그리고 페터 쉬트가 바다의 주인으로 인정한 달팽이, 바다전갈, 청어는 결코 생태사회의 아웃사이더가 아니다. 그들 모두가 인간과 함께 생태사회를 튼실하게 강화해나갈 주역들이다. 그러므로 그들에게 인간과 평등한 생명권뿐만 아니라 평등한 시민권까지도 부여하는 것은 결코 이상한 일이 아니다. 생태사회의 구성에 기여하는 그들의 몫과 역할이 작지 않기 때문이다. 이러한 '생명중심주의'적 패러다임을 통하여 고래들에게 주민등록번호와 시민의 이름을 헌정하는 신세계의 의식儀式이 펼쳐지고 있다. 이건청의 〈고래들의 주민등록〉을 열람해보자.

2009년 11월 10일 오후 4시 울산광역시 장생포 고래생태체험관에서 바다의 빈객인 돌고래 네 분들에게 주민등록번호와 이름을 헌정하는 의식이 진행되었다. 내빈으로 박맹우 울산시장, 김두겸 남구청장, 시·구의원, 울산의 정일근 시인, 경기도 이천에서 온 이모 시인의 얼굴도 보였고 고래문화보존회 회원 등 50

여 명이 참석하였다.

울산 시민이 되어 고래 도시 울산시의 홍보대사 역할을 할 네 분들은 식이 거행되는 동안 시종 의젓하였으며 이따금 꼬리를 치며 식장을 서서히 휘돌며 하객들에게 사의를 표하기도 하였다.

이날, 정식 울산 주민으로 모신 분들은 고아롱(10 · 수컷), 장꽃분(10 · 암컷), 고이쁜(7 · 암컷), 고다롱(5 · 수컷)인데 아롱님과 꽃분님은 부부이시고, 이쁜씨와 다롱씨는 꽃분님의 시숙분들이셨다. 이분들에게는 이들이 울산에 도착한 날짜인 091008로 시작되는 주민등록번호가 헌정되었다.

양촌리 내 집 문
열어 놓을게
꿈길까지 열어 놓을게
밤새도록 외등도
밝혀 놓을게
개들이 짖거든
집 주인 친구라고 하게나

심야 고속버스를 타시게

좌석이 넓은 우등버스를 타시게

꼬리를 조심하시게

고래 전용 버스가 만들어질 때까지

불편한 길, 조금 참고 오시게나

꿈길까지 열어 놓을게

밤새도록 외등도

밝혀 놓을게.

- 이건청의 〈고래들의 주민등록〉[18)]

고래들이 시민권을 부여받은 도시는 "울산"이다. 대한민국의 공업도시로 이름난 울산은 예전에는 환경오염으로 몸살을 앓았던 도시였다. 그러나 시당국의 환경정책과 시민들의 노력이 조화를 이루면서 울산은 생태도시로 환골탈태하는 미래의 비전을 향해 조금씩 전진하고 있다. 시인이 울산을 "고래 도시"라고 부르고 있는 것도 이 도시에서 생태사회가 실현되는 것이 불가능한 일이 아님을 짐작케 한다. "고아롱", "장꽃분", "고이쁜", "고다롱" 등 "네 분"의 고래 님들은 동해에서 울산으로 이사 온 이주민들이다. 네 분은 "주민등록번호"를 헌정 받고 "울산 시민"과 동

울산시 고래들의 주민등록증. 이건청 시인의 시에 등장한 "네 분" 중 "고이쁜" 대신에 "장두리"가 보인다.

등한 시민권을 부여받았다. 시인은 고래를 아래로 내려다보지 않는다. 인간을 바라보는 눈높이의 수평적 위치에서 시인은 고래를 마주본다. 인간의 언어, 인간의 지식, 인간의 기술은 고래보다 사람을 우월하게 생각하는 우위의 조건들이 될 수 없기 때문이다. 인간에게 없는 고유한 속성과 능력을 고래는 갖고 있기 때문이다.

시인은 인간과 고래 사이의 차이를 인정하고 존중함으로써 고래의 생명권生命權을 인간의 생명권과 평등한 것으로 받아들인다. 네 분의 고래 님들은 기존의 울산 시민들과 함께 울산의 생태사

© Chris Combe (St Monans Mono)

회를 형성할 새로운 시민의 자격을 얻었다. 네 분의 고래 님들은 현재의 울산 사회를 생태사회로 바꿔놓을 새로운 사회 구성원의 역할을 부여받았다. 주민등록번호와 이름과 시민권의 "헌정"은 고래들이 인간들과 함께 생태사회를 실현하는 공동의 사회적 역할을 맡았음을 상징적으로 보여주는 사건이다. 고래 님들이 시인의 "양촌리 집"에 초대받아 놀러오는 "꿈길"이 열리는 것도, "고래 전용 버스가 만들어질 때까지" 이 행복한 꿈을 시인이 포기할 수 없는 것도 생태사회의 구성에 참여하는 고아롱, 장꽃분, 고이쁜, 고다롱의 사회적 역할이 얼마나 중요한 것인지를 말해주고 있다.

고래 님들과 토박이 울산 주민들과 시인이 막역한 "친구"가 되어 도타운 정을 나누면서 살아갈 마을이여! 이렇게 멋진 신세계의 마을을 미래의 생태사회로 맞이하려는 비전은 과연 내일의 현실이 될 수 있을 것인가? 그 현실적 실현의 가능성은 만물과 '상호부조'의 파트너십을 결속하려는 의지에 달려 있다.

최영철의 〈풀수염〉을 읽어보자.

여름 내내 밭에 못 갔다 풀들이 멋대로 놀았겠다 놀다가 내가 궁금해 땅을 박차고 나왔겠다 그 중 몇 놈, 먼 길을 어찌 날아왔는지 내 코밑에서 자란다 턱수염을 만지는데 새록새록 뿌리를 박은 것들이 까칠하다 땅에 있을 때는 가냘프고 연약했던 것들,수백리 일자무식 빈 촌놈들, 물어물어 찾아오기가 쉽지 않았겠다 산 넘고 물 건너 밟히고 넘어지며 단단해진 근육, 수풀을 헤치며 수염을 밀어내며 수염 속에서 살아남기가 쉽지 않았겠다 수염과 같은 보호색이었다가 어느새 수염으로 진화한 풀들, 나는 세수할 때마다 풀수염 뿌리에 몰래 물을 준다 잘 삭은 콧물도 한바탕 뿌려준다 코밑에서 풀들이 쑥쑥 자란다 감쪽같이 새까매져서 어느 게 풀인지 어느 게 수염인지 모를 정글이 되어간다

- 최영철의 〈풀수염〉[19]

멋대로 놀다가 땅을 박차고 나온 "풀들". 그들은 아기 풀씨 시절부터 바람 행글라이더를 타고 "먼 길을 날아온" 생명체들이다. 날아와서 시인의 "코밑에서 자라는" 풀들. 시인의 코밑은 "땅"이고 피부의 세포들은 무수한 흙 알갱이다. 시인도 땅에서 태어나고 땅에서 자라난 생명체이니 그의 코밑은 땅의 연장선이자 일부분이다. 그곳에 시인의 근친이자 땅의 또 다른 자녀인 풀들이 "뿌리를 박고" 기술문명의 쇠붙이를 벗어나 "까칠한" 생

명력을 왕성하게 퍼뜨린다. 풀씨의 껍질을 부수고 싹으로 돋아났을 때는 "가냘프고 연약한" 몸이었다. 그러나 생활의 세파를 시인과 함께 온몸으로 버텨내면서 "밟히고 넘어져도" 시인의 의지처럼 더욱 "단단해진 근육"으로 일어선 풀들이여! '땅'이라는 모태에서 시인과 함께 태어난 혈육답게 풀들은 애환의 멍에마저도 시인과 함께 맨다. 풀들은 시인과 생명의 연대의식을 나누며 시인의 반려가 되었다.

풀들의 성장을 "수염으로 진화했다"고 판단하는 것은 시인이 자신의 주체 속에 가둬 둔 "풀"을 해방하였음을 뜻한다. 자크 데리다가 말한 것처럼 시인은 자신의 주체 속에 "풀"을 종속시켰던, 주체 중심의 지배구조를 "해체"[20]한 것이다. 비로소 시인의 주체 속에 부속물로 갇혀 있던 "풀"이 풀려난다. 풀은 시인의 주관적인 생각에 좌우되는 대상이 아니다. 풀은 시인의 관념으로부터 해방된 타자他者의 본래 모습을 되찾는다. 자크 데리다가 강조했던 바로 그 '타자'로서 말이다.

풀은 독립적 존재로서 시인과 동등한 수평적 위치에 서 있다. 데리다가 자연을 '타자'로 존중한 것처럼 시인도 풀을 독립적 존재로 인정한다. 그는 풀이 갖고 있는 풀의 고유한 속성을 존중하기 때문이다. 이렇게 시인은 풀의 입장에서 풀의 생태적 삶을 이해하고 있는 까닭에 "땅"의 일부인 "코밑"에서 자신과 함께 "풀들이 쑥쑥 자라나는" 공동의 동반 성장을 염원하는 것이 아닐까? 그 동반 성장의 비전을 함축하는 시적詩的 키워드가 "풀수염"이다.

시인의 코밑에서 자라나는 풀들은 시인과 함께 "땅"에 삶의 뿌리를 박고 공생하는 생명공동체의 일원들이다. 코밑을 땅으로, 땅을 지구로 확대하여 바라본다면 풀들은 '지구'라는 집에서 인간과 함께 도움을 주고받으며 살아가는 상호부조의 파트너이다. 러시아의 아나키스트 표트르 알렉세예비치 크로포트킨이 말한 것처럼 "만물이 서로 돕는" 상호부조의 관계를 인간과 자연이 변함없이 유지해나갈 때에 만물의 집인 지구는 생태사회로 거듭날 것이다.

> "그러므로 결합해서 상호부조를 실천하라! 이것이야말로 각자 그리고 모두가 최대한의 안전을 확보하고 육체적으로, 지적으로 그리고 도덕적으로 살아가고 진보하는 데 제일 든든하게 받쳐주는 가장 확실한 수단이다."[21)]
>
> - 표트르 알렉세예비치 크로포트킨의 《만물은 서로 돕는다》 중에서

예르크 칭크

한스 마그누스 엔첸스베르거

신경림

위르겐 베커

이형기

귄터 쿠네르트

고형렬

이문재

사라 키르쉬

우베 그뤼닝

제2장

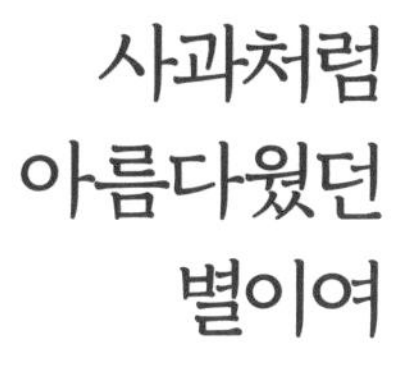

사과처럼 아름다웠던 별이여

기후 변화와 생태 위기의 묵시록

북극해의 얼음 면적은 나날이 줄어가고 있다. NSIDC의 기상학자인 월트 마이어는 "지구에 닿는 태양열의 90퍼센트를 반사시키는 북극해의 얼음이 빠르게 녹는 것은 '지구의 에어컨'이 사라진다는 뜻"이라고 말했다. 환경 전문가들은 1979년 이후 지구 온난화와 함께 지속적으로 진행되는 기후 변화가 생태 위기를 초래하여 인류의 멸망을 예감케 하는 대재앙을 가져올 것임을 경고하고 있다. 북극 해빙의 넓이가 불과 한 해 만에 18퍼센트나 감소하고 '1979년 이후 2000년 사이 평균면적의 절반 가까이로 줄어든' 사실은 인류에게 경각심을 일깨운다. 재난 영화 〈2012〉 혹은 〈투모로우the day after tomorrow〉의 스토리가 더 이상 픽션이 아니라 현실이 될 수 있다는 공포스런 예측을 가능케 한다.

기후 변화가 일으킨 생태 위기는 지구상의 모든 종을 파멸시키는 극단적 결과를 가져올 수 있다. '지구의 에어컨'인 북극의 해빙이 언젠가는 자취를 감출 것이라고 심각한 우려를 표명했던 기상학자 월트 마이어처럼 2000년대를 넘어서면서 기후, 생태, 생물, 환경 분야의 수많은 전문가들이 인류의 앞날에 대해 어두운 전망을 내놓고 있다. 그러나 그들이 비관론을 제시하는 것은 인류의 멸망을 기정사실로 강조하려는 뜻이 아니다. 불안과 염려가 뒤섞인 전문가들의 예측 속에는 반어적 의도가 깔려 있다. 대재앙으로 인한 파멸을 예방하고 종말의 임계점으로부터 지구를 구해내야 한다는 절박한 SOS의 신호를 보내고 있는 것이다.

그렇다면 문학의 전문가인 작가들은 '지구'라는 생명공동체의 집을 지켜내기 위해 어떤 역할을 감당해야 하는가? '묵시록'이라는 언술방식을 통하여 경고의 사이렌을 울려주는 것이야말로 기후 변화와 생태 위기의 시대에 그들이 수행해야 할 참여문학의 임무가 될 것이다. 그들이 내미는 문학적 옐로카드는 기후 변화와 생태 위기에 저항하는 정신적 항체의 면역력을 인류에게 길러줄 수 있을까? 그 현실적 가능성을 모색하고 전망해보자. 생태 묵시록의 표본으로 손꼽히는 예르크 칭크와 엔첸스베르거의 작품 속으로 들어가 보자.

태초에 하느님께서 하늘과 땅을 창조하셨다

그러나 수백만 년이 지난 뒤
사람은 말하였다. "여기서 누가 하느님을 입에 담어?
나는 스스로 미래를 손에 쥐고 있다구."
사람이 손아귀에 미래를 틀어쥔 다음
지구의 마지막 7일이 시작되었다

첫째 날 아침

사람은 결심했다
자유롭고 착하고, 아름답고 행복하기로 마음먹은 것이다
더 이상 하느님의 형상을 닮은 존재가 아니라
사람이기를 원했다
그래도 사람은 무엇인가를 믿어야만 했기에
자유와 행복을
숫자와 집합을
증권거래소와 진보를
개발계획과 안전을 믿었다
제 자신의 안전을 위하여

사람은 발밑의 땅을
유도탄과 원자폭탄으로 가득 채우고야 말았다

둘째 날

공업용수 속에서 물고기들이 죽어갔고,
화학공장에서 제조한
살충용 가루약품에 새들이,
거리에서 뭉게뭉게 피어나는 배기가스를 마시며 야생토끼들이,
소시지에 곱게 칠한 염료를 먹고 애완용 개들이,
바다의 기름과
대양의 밑바닥에 쌓인 쓰레기를 먹고 청어들이 죽어갔다
쓰레기들이 활성적活性的이었기 때문이다

셋째 날

들판의 풀과
나무 잎사귀
바위틈의 이끼와
정원의 꽃이 시들었다

사람이 스스로 날씨를 가공하고
정확한 계획에 따라 비를 분배해주었기 때문이다
비를 나누어주는 전자계기를 작동하면서
사소한 실수가 있었지만
사람들이 그 실수를 발견했을 때는 이미
아름다운 라인강의
메마른 강바닥 위에 짐배가 멈춰 있었다

넷째 날

40억 중 30억의 사람들이 멸망해갔다
한 무리는 사람이 길러냈던
병病들 때문에 죽어갔다
다음번의 전쟁을 위해 미리 준비해둔
컨테이너 뚜껑을 닫는 것을
누군가가 깜빡 잊었기 때문이다
사람의 약품들도 소용이 없었다
약품들은 이미 오랫동안
마사지용 크림과 돼지 허릿살에 사용되어야 했으니까
또 다른 무리는 기아에 허덕이며 죽어갔다

그들 중 몇 사람이

곡식창고의 열쇠를 은밀한 곳에 숨겨두었기 때문이다

굶어 죽어간 자들은 그들의 행복을 책임져야 할

하느님에게 저주를 퍼부었다

"하느님은 정녕 사람을 사랑하는 분이었던가!"라고

다섯째 날

마지막 사람들이 붉은 단추를 눌렀다

그들로서는 위협을 느꼈기 때문이다

불덩이가 지구를 뒤덮고

산들이 불타오르며 바다는 증발해 버렸다

도시의 콘크리트 조각들이

검게 그을린 채 연기를 뿜고 서 있었다

하늘의 천사들은

파아란 혹성이 빨갛게 되고

그 다음엔 더러운 갈색으로 변했다가 결국은 잿빛이 되는 것을 보았다

이때 천사들은 그들의 노래를 10분간 중단하였다

여섯째 날

빛이 꺼졌다
먼지와 재에 가려서
태양과 달과 별이 보이지 않았다
로케트用 벙커 속에서 살아남은
마지막 바퀴벌레도
도저히 견딜 수 없는
과도한 열 때문에 죽어갔다

일곱째 날

마침내
안식이 찾아왔다
지구는 황폐하고 텅 비어 있었다
메마른 땅 표면에서 갈라져버린
틈새와 균열 위로 어둠이 가득하였다
그리고 사람의 정신은
죽은 유령이 되어 혼돈 위를 헤매고 있었다

그러나 저 아래 심연, 지옥에서는

자신의 미래를 손아귀에 틀어 쥔

사람에 대해

왁자지껄 이야기를 떠들어대고 있었다

그 웃음소리가 하늘로 크게 울려 퍼진 나머지

천사들의 합창 소리에 닿고 말았다

- 예르크 칭크의 〈인류의 마지막 7일*Die letzten sieben Tage der Menschheit*〉[1)]

기독교를 비롯한 종교의 묵시록과 환경·생태문제를 다루는 문학의 묵시록은 그 의도와 성격에 있어서 차이점이 있다. 종교의 묵시록은 인류의 종말을 선언하는 '예언'에 내용의 중심을 두고 있다. 그러나 문학의 묵시록은 교육적 메시지를 전하기 위한 방법으로써 '예언'을 사용하고 있다. 이러한 성격을 선명하게 보여주는 작품이 예르크 칭크의 시 〈인류의 마지막 7일〉이다. 이 작품은 《신약성서》의 《요한 계시록》을 떠오르게 할 만큼 인류의 종말에 대한 예언의 형식을 차용하고 있다. 《요한 계시록》에서 일곱 개의 '봉인封印'을 하나씩 떼어낼 때마다 서로 다른 일곱 가지의 재앙이 흘러나오듯 칭크의 작품에서도 7일 동안 날마다 다른 재앙들이 다채롭게 펼쳐지고 있다.

1945년 8월. 일본의 히로시마에 투하된 원자폭탄의 위력은 도시 전체를 잿더미로 만들었다. 핵무기는 지구의 모든 생명체를 멸종시킬 수 있는 가장 큰 위험성을 갖고 있다.

《구약성서》의 《창세기》 1장에서 7일 동안 진행된 하느님의 창조 과정이 칭크의 작품에서는 7일 동안의 파멸 과정으로 바뀌었다. 《창세기》에서 여섯째 날은 하느님이 모든 생명체의 창조를 완성하는 날이었지만, 이 시에서 여섯째 날은 인류를 비롯한 모든 피조물이 멸망하는 날로 묘사되어 있다. 또한 《창세기》에서 마지막 일곱째 날의 "안식"은 완성 후의 충만감과 만족감을 나타내지만, 이 시에서 일곱째 날의 안식은 파멸 후의 공허와 적막을 나타낸다. 그러므로 칭크의 시 〈인류의 마지막 7일〉은 《요한 계시록》과 《창세기》를 패러디한 작품이라고 말할 수 있다.

) Gemma Stiles (Darkest Hour)

이 시의 첫 행行은 《창세기》 1장의 첫 문장을 그대로 인용하고 있다. 여기에서 언급된 "하느님"을 자연법칙의 또 다른 이름으로 볼 수 있다. 기독교의 관점으로 바라본다면 자연법칙을 창조한 이도 하느님이요, 자연법칙을 주관하는 이도 하느님이기 때문이다. 시인은 "사람"이 자연법칙을 거스른 행위에서 지구 종말의 원인을 찾고 있다. 사람도 대자연 속에서 살아가는 까닭에 자연의 순환질서에 순응해야만 생명을 대대로 유전시킬 수 있다. 그러나 자연을 지배의 대상으로 규정하면서부터 사람의 불행은 시작되었다는 것이 시인의 견해다.

사람은 자연을 공생의 동반자로 받아들이지 않고 정복과 소유의 대상으로 취급했던 까닭에 지구의 멸망을 앞당기고 있다. 사람은 과학기술을 통해 자연을 이용하게 되면 행복과 번영이 보장될 것으로 믿었다. 그러나 자연에 대한 개발, 가공, 조작, 남용이 거듭될수록 사람의 낙관적 믿음은 흔들리기 시작했다. 자연을 수탈하고 착취하는 과정에서 생겨난 부작용들이 오히려 사람의 생명을 위협하는 보복의 부메랑으로 돌아오기 때문이다. 자연과 사람 간의 파트너십을 회복하지 못한다면 인류는 마지막 "일곱째 날"을 예약할 수밖에 없다는 것을 시인은 경고하고 있다. 예르크 칭크의 경고가 허장성세가 아니라는 것을 실감하게 하는 묵시록의 또 다른 표본을 만나 보자. 한스 마그누스 엔첸스베르거의 〈사과에 대한 조사弔詞〉다.

이곳엔 사과가 놓여 있었지

이곳엔 식탁이 서 있었어

저것은 집이었고

저것은 도시였어

이곳의 땅은 쉬고 있다구

저기 있는 이 사과가

지구란다

참 아름다운 별

그곳엔 사과가 있었고

사과를 먹는 사람들이 살았었지

- 한스 마그누스 엔첸스베르거의 〈사과에 대한 조사弔詞 *nänie auf den apfel*〉[2)]

독일 시인 한스 마그누스 엔첸스베르거의 〈사과에 대한 조사〉는 일상적인 언어를 은유와 상징으로 전환하여 시의 미학적 효과를 살려낸 작품이다. 간결한 언어 속에 많은 의미를 함축하

) Shaun Fisher (Apple)

고 있다. 시의 화자가 손가락으로 가리키는 "사과"는 두 가지 의미를 갖고 있다. 하나는 과일 그 자체이고, 또 하나는 지구를 상징한다. '사과'라는 독립적 생명체를 바라보던 화자는 거대한 사과인 지구를 향해 서서히 시선을 옮겨간다. 이 시가 1연과 2연으로 나뉘어져 있음에 주목할 필요가 있다. 제1연에서 화자는 거대한 사과의 내부 속으로 걸어 들어간다. 그는 과거에 존재했었던 사물들이 지금은 존재하지 않는다는 것을 확인한다. 자연을 상징하는 사과, 가족공동체를 상징하는 식탁, 기계문명의 터전을 상징하는 "도시"가 사라진 것이다. 마침내 화자는 인류와 모든 종種의 멸망을 확인한 뒤에 죽어버린 거대한 사과의 바깥으로 걸어 나온다.

제2연에서 화자는 지구의 바깥에 서서 절망에 젖은 체념의 눈길로 지구를 바라보고 있다. 사과처럼 아름다웠던 "별"은 단 한 개의 사과도 맛볼 수 없고, 단 한 "사람"도 만날 수 없고, 단 하나의 생명체도 만질 수 없는 사막으로 변하였다. 지구의 죽음을 애도하는 화자의 "조사弔詞"는 인류의 파멸과 모든 종種의 멸종을 경고하는 시적 묵시록이다. 탐욕의 노예가 되어 자연의 생명력을 착취하고 파괴하는 '인간중심주의'적 행위를 자제하지 않는다면 생명공동체의 파멸을 막을 수 없다는 당부와 호소를 옐로카드 속에 숨기고 있다. "지구"호號의 난파를 예방하는 데 필요한 생태의식을 각성시키기 위하여 묵시록의 언술방식을 차용하는 것은 1970년대 이후 2000년대에 이르기까지 한국 작가들의 작품에서도 지속적으로 진행되고 있는 진보적 문학의 경향이다. 뚜렷한 예가 될 수 있는 신경림의 시 〈이제 이 땅은 썩어가고만 있는 것이 아니다〉를 만나보자.

봄이 되어도 꽃이 붉지를 않고
비를 맞아도 풀이 싱싱하지를 않다.
햇살에 빛나던 바위는 누런 때로 덮이고
우리들 어린 꿈으로 아롱졌던 길은
힘겹게 고개에 처져 있다.
썩은 실개천에서 그래도 아이들은
등 굽은 고기를 건져올리고
늙은이들은 소줏집에 모여 기침과 함께
농약으로 얼룩진 상추에 병든 돼지고기를 싸고 있다.
한낮인데도 사방은 저녁 어스름처럼 어둡고
길목에는 고추잠자리 한 마리 없다.
바람에서도 화약 냄새가 난다.
종소리에서도 가스 냄새가 난다.

왜 이렇게 되었는가, 언제부터 이렇게 되었는가.
꽃과 노래와 춤으로 덮었던 내 땅
햇빛과 이슬로 찬란하던 내 나라가
언제부터 죽음의 고장으로 바뀌었는가.

번쩍이며 흐르던 강물이 시커멓게 썩어
스스로 부끄러워 몸을 비틀고
입술을 대면 꿈틀대며 일어서던 흙이
몸 가득 안은 죽음과 병을 숨기느라
웅크리고 도사리고 쩔쩔매게 되었는가.
언제부터 죽음의 안개가 이 나라의
산과 들을 덮게 되었는가.
쓰레기와 오물로 이 땅이 가득 차게 되었는가.

우리는 너무 허둥대지 않았는가.
잘살아보겠다고 너무 서두르지 않았는가.
이웃과 형제를 속이고 짓밟고라도
잘 살아보겠다고 너무 발버둥치지 않았는가.
그래서 먼 나라 남이 버린 것까지 들여다가
목숨을 빼앗는 것이라 해서 이미 버릴 데가 없어

쩔쩔매던 것까지 몰래 들여다가

이웃의 돈을 울궈내려 하지는 않았는가.

나라는 장사꾼과 한통속이 되어

이 나라를 쓰레기장으로 만들지 않았는가.

이 나라를 온갖 찌꺼기

모으는 곳으로 만들지 않았는가.

우리는 안다. 썩어가고 있는 곳이

내 나라만이 아니라는 것을

죽어가고 있는 것이 내 땅만이 아니라는 것을.

저 시베리아의 얼음벌판에 내리는 눈에도

사람의 눈을 멀게 하는 산(酸)이 섞여 있고

아프리카 깊은 원시림 외진 강에서도

눈이 하나뿐인 고기가 잡힌다는 것을

미시시피 강가의 한 마을에서는

목뼈가 없는 아이가 줄이어 태어나고

외국 군대가 진을 치고 있는

옛날엔 천국이 따로 없다던 남태평양의 섬에서도

에이즈와 암으로 사람이 죽어가고 있다는 것을

뿌옇게 지구를 감고 있는
연기와 먼지는 드디어
온통 이 세상을 겨울도 봄도 여름도 없는
삶도 죽음도 아닌 세상으로 만들어버렸다는 것을
연옥도 지옥도 아닌 버려진 땅으로 만들었다는 것을
돈에 눈이 멀어 허둥댄 것이 우리만이 아니란 것을.

그러나 그것도 이미 좋았던 시절의 얘기다.
지금 지구는 언제 폭발해 저 자신을
잿더미로 만들지 모를 핵으로 가득 차 있다.
핵은 우리들 모두의 머리 위에서,
우리들의 발 밑에서, 우리들의 등뒤에서,
죽음의 입김을 서서히 내뿜으면서
그 음험한 눈으로 우리를 노리고 있다.
보라, 삼천리 그 가운데서도 남쪽 반
이 좁은 땅덩이리 속에서만도 많은 핵 발전소가
돈이 덜 든다는 구실 아래
곳곳에 도사려 우리를 집어삼킬
채비를 서두르고 있지 않은가.
또 저 북녘 굶주린 땅에서도

전쟁을 막는다는 핑계로 쌓인 핵들이
단숨에 백두에서 한라까지 죽음의 재로 덮을
음모를 꾸미고 있지 않은가.
어리석은 불장난에 쓰여지고 있지 않는가.

이제 이 땅은 썩어만 가고 있는 것이 아니다.
이제 이 지구는 죽어만 가고 있는 것이 아니다.
내 땅 내 나라, 아니 온 세계가 이제
단숨에 흔적도 없이 날아가버릴
마침내 그 벼랑에까지 와 서 있다.

- 신경림의 〈이제 이 땅은 썩어만 가고 있는 것이 아니다〉[3]

시인 신경림은 "온 세계"의 "땅"을 돌아보며 사람과 자연 사이의 관계를 성찰한다. 한스 마그누스 엔첸스베르거의 작품에서 읽었던 지구에 대한 조사弔詞가 가공의 상황이 아니라 실제적 현실이 될 수도 있는 개연성을 신경림의 작품에서 읽게 된다. 그가 바라보는 한반도의 땅과 지구의 대지는 생명력을 잃어가고 있다. 사태는 갈수록 심각해진다.[4] 예전엔 사람에게 어머니처럼 아낌없이 은혜를 베풀던 대지의 여신 가이아Gaia가 이제는 사람에게 가차 없이 앙갚음을 가하는 복수의 여신 네메시스로 변해 가고 있다. "썩은 실개천"에서 건져낸 "등 굽은 물고기"를 먹고 "화약냄새가 나는 바람"을 마시는 기괴한 풍경이여!

"목뼈가 없는 아이가 줄이어 태어나고", "눈雪" 속에 "사람의 눈을 멀게 하는 산酸이 섞여" 있으며, "강" 속에서 "눈이 하나뿐인 고기가 잡힌다는 것"은 자연의 보복 앞에 무방비 상태로 노출된 인류의 현실이다. "돈에 눈이 멀어 허둥댄 것이 우리만이 아니다"라는 작가의 비판은 인류의 각성을 요구한다. 돈을 얻기 위해 "이웃"을 도구처럼 이용하고 소중한 땅을 자본의 수단으로 전락시킨다면 "내 나라"뿐만 아니라 온 세계까지도 "단숨에" 멸망의 "벼랑" 끝에 서게 될 것이다. 더욱이 "전쟁을 막는다는 핑계로" 자연을 "핵核"의 공장으로 이용하고 핵의 창고로 타락시킨다면, 어느 날 지구는 인류의 "어리석은 불장난"으로 인하여 "흔적도 없이 날아가 버릴"지도 모른다. "마침내 그 벼랑에까지 와 서 있다"는 신경림의 절박한 탄식과 "이곳의 땅은 쉬고 있다"는 엔첸스베르거의 서글픈 진단은 지역의 경계를 뛰어넘어 지구의 종말을 경고하는 묵시록의 연대의식을 형성하고 있다.

독일 작가 위르겐 베커는 "머지 않아 창문을 열 수 있는 것도 특권이 될 때가 올 것"이라고 미래의 파국破局을 경고한 바 있다. 베커가 인류에게 내미는 옐로카드는 1995년 5월 독일 본Bonn 대학교에서 열린 한국과 독일 작가회의[5]에서 "지금의 시대는 단순하고 소박한 서정시의 시대가 아니다"라고 말했던 그의 발언을 떠오르게 한다.[6] 기술문명의 폭력에 대한 비판의식과 함께 사람과 자연 간의 관계에 대한 현실적 인식이 작가들에게 필요하다는 것을 시사하는 발언이다. 베커의 《시집 1965-1980》을 펼쳐보면 생태계의 파괴와 인류의 파멸을 경고하는 묵시록의 작품들이 다수 발견된다. 그중 대표적 작품을 읽어보자.

> 자주 피곤에 젖는답니다. 언제나 살아 있긴 하지만
> 살아있음을 증명하는 일이
> 참으로 힘겨워지는군요. 그것을 증명하려 할수록
> 평안의 지평은 아득히 더 멀어져갑니다. 해가 저물어도
> 현상들과 사건들은 좀처럼 침묵할 줄 모릅니다.
> 머지 않아 창문을 열 수 있는 것도
> 특권이 될 때가 올 것입니다. 차라리 감정 없는 사람처럼
> 행동하는 편이 더 나을 것입니다. 눈동자는 점점 더
> 굳어질테니까요. 어떤 일이 일어날지 귀를 기울여보세요.
> 가끔씩 강물 가까이에서 물향기를 맡거나

© sheila_sund (Deschutes River)

푸른 하늘을 바라보는 것, 그것은 이제 낱말 속에서나 가능할 뿐
사물로 존재할 수도 없고, 경험할 수도 없는 일입니다.

- 위르겐 베커의 〈말해주세요, 잘 지내고 있는지*Sag mir, wie es dir geht*〉[7]

시 〈말해주세요, 잘 지내고 있는지〉는 베커의 생태의식을 뚜렷하게 반영하는 작품이다. 과거의 아름다운 자연은 사람의 현실적 "경험"세계로부터 "아득히 멀어져" 있다. "강물"의 맑은 "물향기"를 맡고 싶고 "푸른 하늘"을 "보고" 싶어도 그것은 "낱말 속에서나 가능한" 일로 변하였다. 강물과 하늘은 "이제" 사람의 몸속에 청정한 생명력을 불어넣어줄 "사물"들이 아니다. 푸른 빛이 감도는 하늘의 맑은 공기를 마시는 것은 더 이상 경험할 수 있는 현실이 아니다. "눈동자를 굳어지게" 만들고 "감정"을 석화石化시키듯이 자연은 죽음의 현장으로 변해가기 때문이다.

시인 한스 카스퍼가 도시 보훔Bochum의 하늘을 바라보며 "해마다 사람의 폐 속에/ 3톤의/ 매연이 쌓인다"[8]고 탄식했듯이, 위르겐 베커도 사람의 폐부 속에 깨끗한 공기를 공급하지 못하는 하늘을 "망가진"[9] 존재로 인식하고 있다. 머지 않아 창문을 열 수 있는 것도 특권이 될 때가 올 것이라는 베커의 위기의식은 "온

세계가 마침내 벼랑에까지 와 서 있다"는 신경림의 탄식을 떠오르게 한다. "살아 있음을 증명하는 일이 참으로 힘겨워지는" 절망적 상황 속에서 현대의 문학은 새로운 역할을 부여받게 되었다. 그것은 썩어가는 자연의 살갗을 가려주는 낭만주의적 관념의 옷을 벗겨내는 일이다. 자연의 병든 몸을 미학적 가공 없이 드러내고 동시대의 사람들에게 "살아 있음"의 위기상황을 알려주는 일이다. 생태 위기의 현실상황을 각성시키는 경보음이 시인 이형기의 작품에서 울려 나온다.

> 우리 시대의 비는 계절과 무관하다.
> 시도 때도 없이
> 푸른 것은 모조리 갉아먹어 버리는
> 전천후 산성비.
>
> 그렇다 전천후로
> 비는 죽은 구근을 흔들어 깨워서
> 자꾸만 생산을 재촉하고 있다.
> 그래서 생산이 넘치고 넘치는
> 그래서 미처 다 소비하기도 전에
> 쓰레기통만 가득 채우는 시대.

쓰레기통에서

장미가 피기를 기다린다고는

누군가 참 잘도 말했다.

한때는 선지자의 예언처럼 고독했던

그러한 절망이 도처에서 천방지축으로

장미처럼 요란하게 꽃피고 있는 시대.

죽은 자의 욕망까지 흔들어 깨우면서

그 위에 내리는

시도 때도 없는 산성비.

사람들은 모두 우산을 쓰고 있다.

일회용 비닐우산이 되어버린

절망을 쓰고 있다.

비극이 되기에는

너무나 흔해빠진 우리 시대의 비.

대량생산의 장미를 쓰레기통에 가득 채우는

전천후 산성비 오늘도 내린다.

- 이형기의 〈전천후 산성비〉[10)]

이형기의 대표 작품 〈낙화〉에 등장하는 "비"와 이 시의 비는 다르다. 〈낙화〉 시절의 비는 이별하는 꽃잎의 눈시울을 적시는 눈물처럼 맑은 "물"이었다. 꽃잎이 진 자리에 스며드는 비는 열매를 자라게 하는 생명의 에너지가 되었다. 비는 "계절"에 맞춰 꽃잎을 부르는 초청장이 되기도 하고 계절을 배웅하면서 꽃잎을 떠나보내는 이별의 노래가 되기도 했다. 계절에 따라 긴요한 역할을 맡았던 그 비가 지금은 시인의 말처럼 "계절과 무관한" 물이 되었다. "시도 때도 없이" 모든 생명체의 "푸른" 기운을 "갉아먹는" 물이 되었다. 독일 작가 엘케 외르트겐은 자신의 시 〈물〉에서 "오늘밤 머리맡에 떨어지는 비는 과연 얼마나 무해無害로운가?"[11]라고 비의 산성화酸性化를 염려했었다. 엘케 외르트겐이 우려했던 상황이 이형기의 작품에서 현실로 드러난다.

과잉 생산과 과잉 소비로 인해 박테리아처럼 증식된 탄소 군단이 하늘을 점령했다. 대기大氣는 그들의 식민植民이 되었다. 탄소 군단은 대기의 자녀인 "비"를 산성酸性으로 무장시키고 지상을 공격하는 징용徵用 부대로 삼았다.[12] 이 "산성비"라는 젊은 부대가 "푸른 것"을 갉아 먹은 자리마다 "생산을 재촉하는" 회색의 공장지대가 들어선다. "소비"를 유혹하는 광고 모델의 빨간 입술이 "장미처럼 요란하게 꽃피고" 있다. 비어 있는 시간을 기다릴 여유가 없는 "쓰레기통" 속을 들여다보라! 5월이면 "대량" 감사感

산성비를 맞고 적갈색 반점으로 뒤덮인 고구마 잎

謝의 표시로 "대량 생산"된 "장미"들이 산성에 젖은 시한부 일생을 마감하며 쓰레기통 속에 "가득" 버려져 있다. 산성비의 공격을 간신히 막아낸 "일회용 비닐우산"과 함께 일상의 규칙에 따라 폐기장으로 실려 갈 일회용 장미들이여!

산성비의 폭력은 사람의 "욕망"이 빚은 비극이다. 그것은 대기와 물을 병들게 만든 대가로 사람에게 돌아오는 보복의 부메랑이다. "푸른 하늘을 바라보는 것, 그것은 이제 낱말 속에서나 가능할 뿐"이라는 위르겐 베커의 탄식이 공감의 울림소리로 다가온다. 베커의 작품 〈말해주세요, 잘 지내고 있는지〉와 이형기의 작품 〈전천후 산성비〉는 문화권의 차이를 초월하여 묵시록의 네트워크를 형성하고 있다.

"비"의 몸에서 산성을 무장해제 할 수 있을까? 그 가능성을 현실로 만들 수 있는 전략은 "욕망"에 저항하는 것이다. 죽은 뒤에도 손에서 놓기 어려운 욕망을 살아 생전에 내려놓기 위해 욕망을 대적하는 것이다. 더 많은 것을 소비하기 위해 "자꾸만" 생산을 재촉하는 욕망을……. "미처 다 소비하기도 전에" 한 가지라도 더 소유하려는 욕망을…….

지난 200년간 인류가 이룬 급격한 변화, 즉 "유한한 자원을 태워 없애고 스스로를 올가미로 꽁꽁 묶어버리는" 자원의 남용, 에너지 고갈, 탄소의 과잉 배출 등의 변화로 인하여 지구 전체 "육지 표면의 43%가 완전히 변화했다"[13]고 UC 버클리캠퍼스 통합 생물학과 교수 앤서니 바노스키는 진단했다. 그가 지적한 두 가지 '변화'는 서로 다른 성격의 변화이면서도 앞의 것이 뒤의 것의 원인이 되고 있다. '육지 표면의 변화' 및 기후 변화를 일으킨 원인은 지속가능의 속도를 일탈해버린 급진적 속도의 개발과 한계를 고려하지 않는 소비 패턴의 생활양식이다. 개발과 소비 위주의 변화는 기후 변화, 재난, 종種들의 연속적 멸종, 자원 전쟁 등 악성 변화의 도미노 현상을 낳는다. 바노스키를 비롯한 자연과학자들뿐만 아니라 작가들도 가장 우려하는 것은 계속되는 변화의 종착역이 아니겠는가? 그것은 인류의 멸망, 모든 생물의 멸종, 지구의 종말이다. 그러나 "위기에 처한 지구를 살리기 위해서는 국제적 협력이 필요"하며 "앞으로 지구가 최소한 지금의 상태를 유지"함으로써 "다음 세대가 지금보다 나쁜 환경에 살게 될 임계점"으로부터 점점 더 멀어지기 위해서라도 "미래 세대를 위해 더 효율적인 방식으로 에너지를 생산하고 사용하며 재생 가능한 자원에 집중하고 종 및 서식지 보존의 노력을 강화할 필요가 있다"[14]고 강조한 바노스키의 충고에 귀를 기울여보자. 생태문제에 대해 고심하는 세계의 작가들도 마치 바노스키의 견해에 적극적으로 동의하는 것처럼 문학작품을 통하여 종말의 임계점으로부터 점점 더 벗어날 수 있는 패러다임과 생활양식을 인류에게 반어적 어법으로 권고하고 있다.

등골이 오싹해질 정도로 소름끼치는 파멸의 상황을 예언하는 또 다른 작가의 경고 메시지를 들어보자. 물론 예언의 목소리 밑바닥에는 비극적 파국을 예방하자고 당부하는 진심어린 호소가 깃들어 있다. 독일 작가 귄터 쿠네르트의 〈라이카〉를 읽어 보자.

우리가 소유한

가장 좋은 금속으로 만든

공 안에서

죽은 개 한 마리

날마다 우리의 지구 주변을 돌고 있다.

우리가 소유한 가장 좋은 위성

지구가

어느 날 저렇게

죽은 인류를 싣고

해마다 태양 주변을

돌게 될지도 모른다는

경고를 보내면서.

- 귄터 쿠네르트의 〈라이카*Laika*〉[15)]

1957년 11월 3일 소련蘇聯에서 '라이카'라는 이름의 개 한 마리를 인공위성 '스푸트니크 2호'에 태워 역사상 최초로 우주 공간에 생명체를 띄워 보냈던 사건이 시의 소재가 되었다. 인공위성이 대기권을 통과하자마자 탑승했던 라이카는 숨을 거두었다고 한다. 그 후 인공위성은 라이카의 주검을 태운 채 쓸쓸한 유령선처럼 지구 둘레를 맴돌았다고 한다. 귄터 쿠네르트의 탁월한 상상력에 의해 이 역사적 사건은 인류의 멸망과 모든 생물의 멸

1957년 11월 3일 소련의 인공위성 '스푸트니크 2호'에 태워져 역사상 최초로 지구의 대기권 밖으로 비행했던 개 '라이카'. 지구 밖에서 쓸쓸히 죽음을 맞이한 채 영영 돌아오지 못하는 우주의 미아가 되었다.

종을 나타내는 은유로 전환되었다. 실제로 이 시에 등장하는 모든 생명체와 사물들이 작가의 '생태주의'적 패러다임을 대변하는 은유의 역할을 맡았다. 미시적 시각으로 분석한다면 "죽은 개"는 "죽은 인류"의 은유, "공(인공위성)"은 "지구"의 은유, 지구는 "태양"의 은유로 각각 사용되고 있다. 이것을 거시적 시각으로 확대해서 바라보자. 죽은 개를 싣고 "지구 주변을 도는" 인공위성은 죽은 인류를 싣고 "태양 주변을 돌게 될지도 모르는" 지구의 은유다. 작가는 죽은 개를 통해 죽은 인류의 미래를 보여준다. 이러한 예시豫示의 의도는 무엇일까? 개와 인류의 공동 터전이었던 지구의 죽음을 "경고"하려는 것이다. "가장 좋은 위성"이었던 지구 안에서 인류를 포함한 모든 생물이 멸종할 수 있음을 경고하려는 메시지를 읽을 수 있다. 지구가 가장 좋은 위성의 빛을 잃어버리고 태양의 주변을 쓸쓸히 표류하는 폐선廢船이 된다고 가정해보자. 귄터 쿠네르트의 시각으로 본다면 이러한 대재앙의 근본적 원인은 무엇일까? 유토피아를 향해 급진적으로 달려오기만 했던 '성장제일주의'적 풍조가 아닐까? 기술의 발전과 물질의 팽창을 위해 생명을 도구로 이용하고 있는 인류의 반생명적, 반생태적 사고방식이 아닐까?

난파선으로 전락한 지구가 태양 둘레를 공전하고 있는 허망한 상황이 한국 시인의 작품에서도 재현되고 있다. 고형렬의 〈지구 묘墓〉를 읽어 보자.

태양을 중심으로 지구가 돈다
그곳에는 아무도 살지 않는다
그들이 일어날 때의 시간인데도
산의 그늘만이 길게 뻗쳐 있다
햇빛이 해골의 눈 속을 통과하며
바람이 불고 오늘은 눈이 내린다
지구는 혼자 외로이 겨울을

빠져나가면서 공중에 떠 있을 뿐
인류는 모두 어디에 갔는가
빈 지구만이 태양을 돌면서 또
태양은 지구를 데리고 멀고도 먼
움직이는 우주를 따라가는 은하
그 은하계를 따라 사라져 간다
지구는 모든 조상의 묘를 싣고
밤과 낮을 끊임없이 통과하리라

- 고형렬의 〈지구 묘墓〉[16)]

고형렬의 작품에서 지구는 인류의 모든 "해골"들이 묻혀 있는 거대한 공동묘지다. 한스 마그누스 엔첸스베르거가 띄워 보냈던 쓸쓸한 조사弔詞를 '지구 묘墓' 앞에서 또 다시 읊어야만 하는가? 권터 쿠네르트의 〈라이카〉에서 죽은 인류의 무덤으로 변했던 지구가 고형렬의 작품에서 인류의 해골과 모든 생물의 주검을 싣고 태양 주변을 도는 둥그런 '공' 모양의 묘墓로 재현되었다. 고형렬이 이토록 참담한 종말의 임계점을 예언하는 배경에는 그의 현실인식이 자리잡고 있다.

〈지구 묘墓〉가 수록된 시집 《서울은 안녕한가》는 '환경시'라는

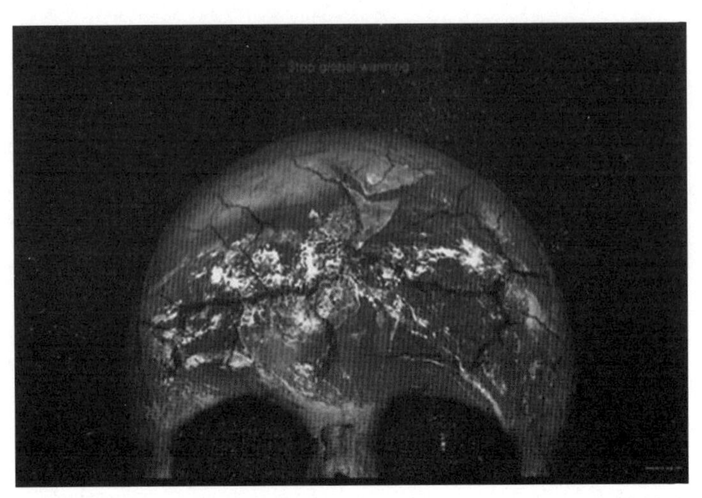

지구 온난화로 인해 지구가 거대한 "해골"로 변할 수도 있는 가능성을 풍자하는 그림. 지구를 거대한 "묘"로 묘사한 시인 고형렬의 경고를 보는 듯하다.

부제를 갖고 있다. 부제가 시사하는 것처럼 시집의 내용은 '서울'의 환경오염 실상을 고발하고 있다. 고형렬 시인은 환경 및 생태와 관련된 한국의 현실을 시집의 후기後記에서 이렇게 고백한다.

"서울의 물·공기·먼지·교통·쓰레기들이 이 시집의 작은 얼굴이다. (…) 우리는 공해 속에서 살아간다. 공해는 벌써부터 우리와 아주 친해져 있다. 이것은 낡은 것도 새로운 것도 아니다. 매일을 공해 속에서 살아왔듯이 우리는 내일도 오늘과 다름없이 공해 속에서 살아갈 것이다."[17]

서울의 '공해'는 시민들과 '아주 친해진' 현실임을 솔직하게 털어놓는 시인의 고백에서 일종의 위기의식을 느낄 수 있다. '내일도 오늘과 다름없이 공해 속에서 살아갈 것'이라는 단언에서는 일말의 공포감이 묻어 나온다. 군사정권의 독재 치하에서 철저히 은폐되었던 대한민국의 환경문제가 1990년대 민선民選 정부의 출범 이후 각종 언론매체를 통해 보도되기 시작하면서 대한민국의 환경오염은 국민들의 뇌리에 더 이상 부인할 수 없는 현실로 각인되었다. 환경 및 생태문제는 몇몇 후진국에만 해당되는 문제가 아니라 대한민국의 국가적 사회문제가 되었다. 서울은 이 '사회문제'를 폭발시키는 뇌관雷管이었다. 수많은 공장에서 무단으로 배출되는 폐수와 폐유, 종류를 헤아리기 힘든 대량의 쓰레기들, 규제 없이 내뿜는 자동차들의 매연과 오토바이들의 배기가스 등등……. 흉물스런 독성 물질을 총동원하여 대한민국의 물·공기·흙을 페스트 환자처럼 병들게 하는 오염의 진원지가 서울이었다.

서울처럼 거대한 몸집을 가진 대도시들이 6대륙에서 생태계를 파괴하는 주범 역할을 해왔다는 사실을 생각해 보라! 환경오염으로 인한 대재앙의 발생을 우려하고 인류의 멸망과 모든 생물의 멸종에 대하여 경고의 메시지를 보내는 것은 기우杞憂가 아니라 미래의 위기상황을 진단하는 이성적 대응이 아니겠는가? 귄터 쿠네르트의 〈라이카〉와 고형렬의 〈지구 묘墓〉는 작가들이

) Chris Combe (Scalpay Ruin Mono)

문학작품으로 표출하는 이성적 대응인 것이다.

오존강은 푸른데
그 강 너머 오는 별빛들 칡넝쿨처럼
얼키는데 오존강에 설키는데

어른이란 사실이 이젠 범죄여서
이 지구에 지금 살아 있다는 것이 파렴치여서
우리가 날마다, 알지도 못하는 채
쏘아올리는 화살이 있었구나, 매일매일을 우리가
떠내려보내는 뜰것들 있었구나

하늘로 쏜 화살이 내려오지 않는다
바다로 간 뜰것들 가라앉아 버린다

오존강 말라서, 오존강 갈라져서
아 우리들 살던 옛집 푸른 지구
막무가내로 무너진다
하늘로 쏘아올린 화살 벼락처럼
내려온다 불의 비, 질타의

장대비, 섭리의
쇠못같은 비, 거침없이 퍼부어진다
모두 잠긴다 떠내려 가는 것
아무것도 없다 지구에서 쏘아올린
화살과, 바다로 흘려보낸 뜰것들로
가득하고 가득하고 가득하다

늦었다고 생각될 때는 이미 늦은 것
오존강 건너
묵시록의 굵은 글자들, 우리가 별이라고 믿었던
빛들이 붉은 피를 떨군다
늦었다고 생각될 때 이미 묵시록은
시작되고 있는 것이다

- 이문재의 〈오존 묵시록〉[18]

이문재의 시 〈오존 묵시록〉에서 화자는 "우리"다. 작가가 인류를 "우리"라고 호칭하는 것은 생태 위기로 인한 재앙의 책임이 곧 인류 자신에게 있다는 것을 환기시킨다. 우리가 "하늘로 쏘아올린 화살"은 미사일, 핵폭탄, 방사능, 매연, 탄소 등을 상징하

지구의 보호막 역할을 하는 오존층의 파괴는 지구 온난화 현상과도 밀접한 연관성을 갖는다. 온난화로 인해 녹아드는 빙산 조각 위에 난민처럼 표류하는 펭귄들의 모습이 안쓰럽다.

는 은유다. 이 화살은 우리가 살던 "옛집 푸른 지구"로 귀환한다. 무수한 화살들이 "불의 비"가 되어, "쇠못 같은 장대비"가 되어 "벼락처럼 거침없이" 지구촌의 곳곳을 예고 없이 공격한다. 욕망의 엔진으로부터 에너지를 빨아들여 비대해진 화살들이여! 지구로 돌아올 때는 "오존층"을 박살낼 정도로 강력한 "붉은 피"의 군단이 되어 우리의 욕망을 비웃듯이 우리의 생명을 "질타"하는가?

우리가 "바다로 흘려보낸" 욕망의 배설물들이여! "뜰것"을 모른 채 흘려보낸 우리의 무지를 조롱하듯 바다의 생물들을 질식시키고 그들의 시신屍身을 "푸른 지구"의 물결 위에 "가득" 떠오르게 하는가? "늦었다고 생각될 때는 이미 늦은 것 (…) 이미 묵시록은 시작되고 있다"는 발언 속에는 시인의 탄식과 비판의식이 공존하고 있다. 생태 위기로 인한 재앙은 재난 영화에서나 연출되는 가상의 상황이 아니라 이미 "시작된" 현재진행형의 현실임을 경고하고 있다. 외관상으로는 비가悲歌의 분위기가 지배하고 있으나 시의 행간行間에는 우리의 각성과 변화가 시작되어야만 하는 당위성이 짙게 배어 있다. 우리의 삶에 바람직한 변화가 없다면 지구는 우리가 바라지 않는 방향으로 변하리라는 사라 키르쉬의 예언을 들어 보자.

그때 우리에겐 불이 필요하지 않을 것입니다
대지는 열기로 가득 찰 테니까요
숲에선 증기가 피어오르고, 모든 바다들은
용솟음치고, 구름들은 젖무덤 같은 동물 무리를 이루어
몰려 오겠지요 어머어마한 구름 나무들

찬란히 빛나는 태양의 얼굴이 창백합니다
공기空氣는 손에 잡힐 것만 같아서 나는 그것을 한 움큼 쥐어봅니다.

거만한 소음을 윙윙거리는 바람이

공기를 눈眼 속에 쑤셔 넣어도 나는 눈물이 나지 않습니다

벌거숭이 몸으로 걸어가는 우리는

문門도 없고 그림자도 없는 거주지에

단 한 사람의 동행자도 없이 둘이서만 남아 있습니다

아무도 잠자리를 약속하지 않습니다

개들도 말을 잃었습니다 내 옆으로 누가 다가오든지

관심조차 없습니다 개들의 혀는

소리 없이 불쑥 부풀어 오릅니다 청각이 마비된 그들

하늘만이 우리를 에워싸고 빗속엔 거품이 일어날 것입니다

추위는 자취를 감출 것입니다

돌들도, 가죽꽃들도, 우리의 육체도, 비단도

모두 다 열熱을 토해낼 것입니다 청명한 광택이

우리 안에 남아있을 것이니 우리의 육체는 은빛으로 빛날 것입니다

내일 그대는 나와 함께 천국에 있을 것입니다

- 사라 키르쉬의 〈그때 우리에겐 불이 필요하지 않을 것입니다〉[19]

시의 첫 행부터 반어적反語的 언어의 "불"이 "피어오르고" 있다. "불이 필요하지 않을 것"이라는 말은 "대지"가 불의 "열기"로 "가득 차서" 지구가 파멸을 맞이할 수도 있다는 의미다. 마구잡이의 개발 행위와 탄소의 과잉 배출로 인하여 태양의 얼굴은 점점 더 "창백"해지고 "공기"는 점점 더 잿빛으로 변해간다. 독성에 젖은 공기들은 열대 지역의 영양羚羊 무리처럼 "구름 무리"를 이루더니 토네이도처럼 소용돌이치는 "구름 나무들"의 기둥으로 일어선다. 이 구름 나무들은 식수 공급차가 아니라 산소를 질식시키는 독성 공급차의 운송 본부다. 산소의 농도가 흐려지고 산소의 양이 줄어들수록 공기의 온도는 올라갈 수밖에 없다. 시인의 말처럼 대지는 열기로 가득 차게 된다.

1984년에 출간된 사라 키르쉬의 시집 《고양이의 삶 Katzenleben》 표지

20세기 중반 이후 중단 없이 추구해왔던 핵개발과 핵실험도 인공적인 나무들을 만들고 있다. 원폭原爆과 핵폭核爆의 구름 나무들이다. 나무의 녹색 혈관 속을 달려가는 식수 공급차는 혈액 같은 생수로 가득 차 있게 마련이다. 그러나 사라 키르쉬의 시에서 만나는 구름 나무 속을 달려가는 군용 트럭은 방사능의 열기로 가득 차 있다. 구름 나무의 뿌리에서 가지 끝까지 방

사능 병사들을 실어 나르는 군용 트럭의 질주가 멈추지 않는다. 방사능 군단軍團은 탄소 부대와 연합하여 대지와 "숲"을 점령한다. 회색빛 연합군은 열기와 "증기"로 생물들을 서서히 질식시킨다. 대지는 아우슈비츠 수용소처럼 유독성의 열기로 가득 차 있다. 아우슈비츠에서 숨이 막혀 죽어갔던 유태인들처럼 대지 위에서 살아가는 모든 생물은 "은빛"의 증기를 마시며 질식해갈 것이다. 사람의 살색 "육체"도, 나무의 초록빛 육체도 모두 은빛으로 변색될 것이다.

"내일 그대는 나와 함께 천국에 있을 것"이라는 시인의 예언은 "그때 우리에겐 불이 필요하지 않을 것"이란 말과 함께 반어反語의 쌍생아 역할을 한다. 더 이상 불이 필요하지 않을 만큼 열기와 증기의 혼합된 폭발로 인하여 파이어 파라다이스Fire Paradise로 변해갈지도 모르는 "우리 모두"의 지구여! 그러한 비극적 임계점에 접근하는 것을 막기 위한 대비책을 찾지 않는다면 '천국'이라는 낱말은 지옥의 은유로서만 의미를 갖게 될 것이다.

단 하나의 종種도 살아 남을 수 없는 불의 천국이 지구의 낮晝모습이라면 지구의 밤夜모습은 어떻게 될까? 모든 화염이 싸늘히 식어 눈 깜짝할 사이에 얼음 덩어리로 변할 수도 있다. 기후 변화의 임계점에 닿은 지구가 최악의 사막 같은 세상으로 바뀌었다면 '불의 천국'이 빙하기의 설국雪國으로 변하는 것도 얼마든지

예상할 수 있는 일이다. 영화 〈설국 열차〉의 스토리가 인류의 미래상이 될 수도 있다. 지구의 내장을 속속들이 후벼 파서 삼켜버리는 인류의 식욕! 그 참담한 탐욕이 팽창할수록 인류의 역사도 시간이 멈춰버린 빙하기로 팽창할 것이라고 우베 그뤼닝은 경고한다.

우리가 돌아왔을 때, 이곳
지구의 나이를 헤아릴 수 없었습니다.

빙하 밑에서 납작하게 바뀌어
산들은 조용히 쉬고 있었지요.
어떤 아라라트 산도 우리의 눈길에는
희망의 빛을 던지지 않았지요.

해초海草 낀 여러 웅덩이 가까이에서
인간은 지구의 내부를 바닥까지 다 마셔버렸습니다.

우리는 늪 바로 곁에
우리의 입을 갖다 댔지요.
그러나 살아 있는 숨결로 뒤덮인

거울은 살고 있지 않았습니다.
그러나 그곳에는 언젠가 한 번
만물이 존재하기도 했었지요.
지금은 세 번째로 깨어나길
열망할 수 없게 되었지만 말입니다.
바싹 말라버린 웅덩이 위로 석화石化된 잎새들을 가진
물푸레나무 화석이 일어섰지요.
그 나무는 천년의 슬픔 주변에 웅크리고 있다가
지구의 표면 위로 솟아 올랐습니다.

우리는 되돌아갈 용기가 나지 않았지요.
우리도 웅덩이에 고인 물을 마셨답니다.
어떤 얼음의 살갗 같은
어둠이 덮인 혹한酷寒을 우리는 목격했지요.

옛날의 것과 동일한 텍스트가 세계와 언어를
품어 감싸고 있는 것이 기억 속에 떠올랐습니다.
우리는 알아차렸습니다. 그 텍스트가
어떻게 생명을 죽이고 갈기갈기 찢어놓았는지를.

- 우베 그뤼닝의 〈팽창 *Dilatation*〉[20)]

지구의 종말, 인류의 멸망, 생물의 멸종을 유발하는 원인은 인류의 "팽창"된 탐욕이라는 것을 우베 그뤼닝은 시종일관 비참한 분위기 속에서 노래하고 있다. 화자인 "우리"는 누구인가? 우리는 영화 〈혹성탈출〉에서 "빛"보다 빠른 우주선을 타고 우주를 유영하다가 지구로 "돌아온" 우주인과 같은 존재다. 그런데 우리의 "눈"에 비친 지구의 "나이"가 몇 살인지는 짐작하기 어렵다. $E=mc^2$라는 아인슈타인의 상대성 이론을 통해 계산한다면 최소한 수백만 년쯤은 흘렀을 것이라고 추측될 뿐이다. 물론 물리적 시간이 얼마나 경과되었는가는 중요한 일이 아니다. 지금 "우리"에게 중요한 현안으로 떠오른 현상은 우리가 우주선을 타고 지구를 떠났을 때와는 전혀 다른 모습의 지구가 우리를 맞이하고 있다는 점이다.

생명의 활력으로 넘쳐 흐르던 "산들"은 묘지의 시신屍身처럼 "쉬고" 있다. 아황산가스와 이산화탄소의 연합으로 인해 증폭된 지구 온난화의 기운이 쓰나미처럼 지구를 강타하여 얼음 무리를 지구 전체에 방생했다. 지구의 모든 피조물들은 옛 빙하기의 맘모스처럼 냉혈 박제의 운명이 되어 거대한 노천 박물관에 전시되었다. 〈창세기〉의 기록에 따르면 하느님은 인류를 징벌하기 위해 '대홍수'의 심판을 내렸다. 하느님은 '노아'와 그의 가족과 동물 커플을 '방주' 안에 태워 구원한 뒤에 지금의 터키 땅에 있는

"아라라트" 산꼭대기 위에 방주를 안전하게 정착시켰다. 그러나 지구 온난화로 인하여 찾아온 새로운 빙하기의 심판 앞에서는 어떤 방주도, 어떤 아라라트 산도 한줄기 "희망의 빛"을 줄 수 없다. 팽창해버린 인간의 탐욕스런 "입"이 지구의 내장을 "바닥까지도" 남김없이 파먹어버린 까닭에 지구의 재생능력이 고갈된 것이다. 빙하기로 첫 번째 멸망의 잠에 빠져들었던 태고 시절의 지구도, 대홍수로 두 번째 멸망의 잠에 취했던 원시시대의 지구도 타고난 자생력에 힘입어 기적적으로 "깨어"났었다. 그러나 생태 위기의 쓰나미를 타고 지구 전체를 범람해버린 새로운 빙하기의 동면冬眠으로부터는 그 어떤 생명도 "깨어날" 줄 모른다. 지구는 "세 번째" 멸망의 잠에서 깨어날 능력을 잃어버렸다.

그러나 우베 그뤼닝의 작품 〈팽창〉은 탐욕의 팽창으로 인하여 맞이할 수도 있는 지구의 멸망을 막아내기 위해 인류 전체에게 보내는 시적詩的 경고의 사이렌이다. "살아 있는 숨결로 뒤덮인" 지구의 초록색 "거울"이 "석화石化된 숨결"의 회색 무덤으로 바뀌는 것만큼은 우리의 모든 숨결을 모아서 막아내야만 한다는, 묵시록의 옐로카드다. "동일한 텍스트"처럼 전승되어 왔던 인류의 탐욕을 더 이상 팽창시키는 것이 아니라 오히려 수축시켜야 함을 권고하는 사회교육의 편지다.

예르크 칭크, 한스 마그누스 엔첸스베르거, 신경림, 위르겐 베커, 이형기, 귄터 쿠네르트, 고형렬, 이문재, 사라 키르쉬, 우베 그뤼닝 등 지구의 종말을 예언하는 작가들의 비관적인 목소리를 들으면 인류의 미래에 더 이상 구원의 탈출구가 보이지 않는 듯하다. 그러나 이처럼 비관적 언어로써 종말의 임계점을 미리 보여주는 것은 인류를 향해 경고의 옐로카드를 뽑아들어 파멸을 막아내자고 당부하는 반어적 호소의 의미를 갖는다. "비상구가 보이지 않는다"는 비탄의 비가悲歌는 "비상구를 찾아야 한다"는 희망의 출정가出征歌다. 예언 → 경고 → 당부 및 호소로 이어지는 작가들의 묵시록 속에는 독자를 각성시키려는 교육적 의도가 담겨 있다. 그들의 묵시록을 읽어야 할 독자는 특정 대상이 아닌 인류 전체다. 기후 변화와 생태 위기는 지구촌의 가장 심각한 사회문제이기 때문이다.

김용택

최승호

이선관

정현종

한스 카스퍼

로제 아우스랜더

엘케 외르트겐

안도현

정호승

제3장

인류여! 자연의 지킴이가 되어라

경제 이익을 추구하는 파괴적 도미노 현상

'지구 온난화'는 인류의 미래를 위협하는 중대한 사회문제다. 이틀이 멀다 하고 생겨나는 열대성 저기압과 구름떼의 습격에 강이 범람하고, 집이 떠내려가고, 산사태로 산목숨이 생매장을 당하는 비극들이 동서양의 경계를 넘나드는 진혼가의 눈물강江을 만들었다. 퍼붓는 비雨의 양이 메가톤급인 것도 사람을 괴롭히는 문제이지만 비의 질質이 예전 같지 않다는 사실은 사람의 염려를 더욱 무겁게 만든다. 시인 권오순의 동시 〈구슬비〉에서처럼 가끔씩 사람의 마을에 소풍을 오던 구슬비, 가랑비, 이슬비 등은 지난 시절엔 유년의 추억을 떠올리게 하는 동시童詩의 단골 주인공이었다. 그러나 지금은 그 누가 두 팔을 휘올려 온몸으로 이들을 맞이할 수 있을까? 산성비가 무엇인지를 어린이들도 잘 알고 있다. 일본 대지진과 쓰나미로 인해 후쿠시마 원전이 폭발하여 방사능이 누출된 후에는 바람과 비가 공공의 적이 되었다. 건망증이 심한 사람조차도 우산과 마스크만큼은 생명의 안전을 위하여 반드시 챙겨야할 필수품 1, 2호가 되었다.

생물의 몸은 유기체다. 몸 속의 각 기관들 중에 단절된 것은 단 한 가지도 없다. 하나의 기관은 독립적으로 고유한 역할을 담당하면서도 다른 기관들과 유기적으로 연결되어 영향을 주고 받는다. 생물의 몸은 '유기체적 시스템'이다. 작은 풀여치의 몸, 가녀린 안개꽃의 몸도 예외는 아니다. 모든 생물의 몸은 생태계를 축소시킨 '마이크로코스모스'다. 그러나 또 다시 부인할 수 없는 진리가 떠오른다. '몸'이라는 작은 생태계는 그 몸이 살고 있는 지역의 생태계 안에 속해 있다. 한 생물의 몸은 '지역 생태계'라는 유기적 네트워크 안에서 물, 공기, 흙으로부터 절대적 영향을 받는다. 공장의 폐수와 폐유가 강물을 오염시키고 건물과 자동차에서 배설되는 배기가스가 대기의 탄소 농도를 증폭시킨다면 이 지역의 생태계 안에서 살아가는 사람, 나무, 꽃, 새를 비롯한 모든 생물의 몸은 차례로 쓰러지고 만다. '몸'이라는 작은 생태계들이 도미노 현상처럼 연쇄적으로 몰락하는 까닭은 무엇일까? 아기의 몸에 모유를 공급하는 어머니의 몸 속에 수은, 납, 카드뮴이 쌓이듯 생물의 몸에 절대적 영향을 끼치는 그

지역의 생태계가 산성화酸性化되었기 때문이다. 화학물질이 쌓여 있는 어머니의 자궁 속에서 뇌가 없는 아기가 태어나듯 중금속이 가득한 어미의 알에서 등이 굽은 물고기들이 태어난다. 모유 속의 독성을 흡수하는 아기의 몸속 혈액이 병들어가듯 공기 속의 탄소를 마시는 나무의 몸속 수액樹液도 혼탁해진다.

'몸'이라는 작은 생태계는 그 몸이 살고 있는 지역 생태계의 물로부터 혈액을, 지역 생태계의 공기로부터 호흡을, 지역 생태계의 흙으로부터 에너지를 공급받게 마련이다. 오염된 물을 먹는 날이 계속될수록 몸의 혈관이 막히고 혈액이 멈출 날도 빨라진다. 오염된 공기를 마시는 시간이 거듭될수록 몸의 폐부가 수축되고 숨결이 마를 날도 앞당겨진다. 이와 같이 모든 생물의 몸은 '지역 생태계'라는 유기체적 네트워크 안에서 물·공기·흙과 떼려야 뗄 수 없는 생명의 그물코로 촘촘히 연결되어 있다. 물·공기·흙은 만물을 낳아주고 길러주는 어머니와 다름없다. 21세기 인류가 지향하는 대안사회는 자연과 사람 간의 '유기체적 네트워크'를 소중히 여기는 사회다. 이 '생태적 대안사회'의 실현 여부는 모든 생명의 근원인 물·공기·흙과 친화적인 공생의 길을 걸어가는 데 달려있다는 것을 작가들의 목소리로 들을 수 있다.

첫 번째 목소리의 주인공은 한국 시인 김용택이다. 그와 함께 섬진강변을 걸으며 한반도의 강과 산을 만나보자.

가문 섬진강을 따라가며 보라

퍼가도 퍼가도 전라도 실핏줄 같은

개울물들이 끊기지 않고 모여 흐르며

해 저물면 저무는 강변에

쌀밥 같은 토끼풀꽃,

숯불 같은 자운영꽃 머리에 이어주며

지도에도 없는 동네 강변

식물도감에도 없는 풀에

어둠을 끌어다 죽이며

그을린 이마 훤하게

꽃등도 달아준다

흐르다 흐르다 목메이면

영산강으로 가는 물줄기를 불러

뼈 으스러지게 그리워 얼싸안고

지리산 뭉툭한 허리를 감고 돌아가는

섬진강을 따라가며 보라

섬진강물이 어디 몇 놈이 달려들어

퍼낸다고 마를 강물이더냐고,

지리산이 저문 강물에 얼굴을 씻고

일어서서 껄껄 웃으며

무등산을 보며 그렇지 않느냐고 물어보면
노을 띤 무등산이 그렇다고 훤한 이마 끄덕이는
고갯짓을 바라보며
저무는 섬진강을 따라가며 보라
어디 몇몇 애비 없는 후레자식들이
퍼간다고 마를 강물인가를.

- 김용택의 〈섬진강 1〉

"개울물이 끊기지 않고 모여 흐른다." 사람의 몸속 피톨들이 모여 혈액이 되어 흐르는 듯하다. 한반도의 땅이 한국인의 몸이라면 '강'은 한국인의 혈관이다. 강을 에워싸는 한반도의 흙은 한국인의 핏줄을 감싸주는 살갗이 아닌가? "쌀밥 같은 토끼풀꽃"과 "숯불 같은 자운영꽃" 그리고 "식물도감에도 없는 풀"은 한국인의 땀방울을 마시면서 자라난 한국인의 체모體毛가 아닌가? 강은 외세의 숱한 침탈을 받으면서도 유구히, 유장하게 흘러왔다. 침략자들의 칼날이 살 속 깊이 꽂혀도 "끊기지 않고" 역사의 굽이 굽이를 헤쳐왔던 한민족韓民族의 핏줄이여! 그대 이름은 섬진강과 영산강이다.

시인 정희성의 시 〈저문 강에 삽을 씻고〉로부터 패러디의 옷을 입고 등장하는 지리산을 보라! 지리산은 "저문 강물에 얼굴을 씻고 일어서 껄껄 웃으며 무등산을 보며 그렇지 않느냐고 물어보고" 있다.

지리산과 무등산을 비롯하여 한반도의 모든 산들이 강의 증언자다. 외세의 야만적인 약탈과 독재정권의 환경파괴에도 굴하지 않고 토장그릇처럼 단단한 혈관이 되어 흘러왔던 '강'의 생명이여! 한반도의 산들은 역사적 진실과 생태적 팩트를 증언하고 있다. "섬진강물이 어디 몇 놈이 달려들어 퍼낸다고 마를 강물이더냐"고.

지리산과 무등산은 섬진강과 영산강의 동반자다. 지리산으로부터 든든한 지지의 발언을 듣고 있는 섬진강이여! 그대를 비롯한 모든 '강'들은 한국인의 생명과 한반도의 역사를 증언하는 자연의 증인이 아닌가? 한반도의 산과 한국인의 살肉, 한반도의 강과 한국인의 핏줄은 '한라에서 백두까지' 생명선生命線으로 연결되어 함께 살아 숨 쉬고 있는 생명공동체의 혈육이다.

그러나 혈육 간의 생명선에 적신호가 켜졌다. '골육상쟁'이라는 말이 실감나듯 언제부턴가 물은 사람과 심각한 불화를 겪게 되었다. 사람과 '물'의 공생은 어느새 인류가 추구해야 할 가장 중요한 이상이 되었다.

무뇌아를 낳고 보니 산모는
몸 안에 공장지대가 들어선 느낌이다.
젖을 짜면 흘러내리는 허연 폐수와
아이 배꼽에 매달린 비닐끈들.
저 굴뚝들과 나는 간통한 게 분명해!
자궁 속에 고무인형을 키워온 듯
무뇌아를 낳고 산모는
머릿속에 뇌가 있는지 의심스러워
정수리 털들을 하루종일 뽑아댄다.

- 최승호의 〈공장지대〉[1)]

한국 시인 최승호는 물의 오염으로 인하여 사람의 몸이 파괴되는 충격적 사건을 조명한다. "공장지대"의 폐수 때문에 오염된 강물을 마시고 산모의 몸이 병들었다. 그렇다고 해도 "산모"의 유방에서 모유 대신 "허연 폐수"가 흘러나오는 것은 사실이 아니다. 산모의 "젖을 짜면" 모유가 흘러나올 뿐, 폐수가 흘러나올 리는 없다. 그럼에도 시인은 왜 "폐수가 흘러내린다"고 표현했을까? 산모의 모유 속에는 아이를 키워낼 수 있는 생명력이 남아 있지 않기 때문이다. 중금속으로 오염된 강물처럼 죽어버린 모

유이기 때문이다. 시인은 그 누구도 부인할 수 없는 객관적 사실을 고발하고 있다. 그는 독자의 낡은 의식에 충격을 안겨주고 새로운 의식을 각성시키려는 교육적 의도에서 산모의 모유를 허연 폐수로 변용變容하였다. 사람과 자연을 이어주는 생명의 연결고리가 끊어지고 있는 현실을 독자에게 알리기 위해 고정관념을 깨는 '낯설게 하기'의 표현을 도입하였다. 산모와 "아이"를 이어주는 끈의 역할을 하는 탯줄은 생명의 고리로서 더 이상 기능을 발휘하지 못한다. 시인은 이 엄연한 사실을 독자에게 알려줌으로써 생명의 존엄성에 대한 경각심을 일깨우기 위해 "아이 배꼽에 매달린" 탯줄을 "비닐끈"으로 변용하였다. 산모가 겪는 참담한 불행은 인류가 겪을지도 모르는 대재앙의 축소 모형인가?

강물의 오염은 바다로 전이된다. 시인 이선관의 〈독수대毒水帶〉에서 바다와 사람 간의 공생이 교란되는 위기상황을 목격해보자.

바다에서
둔탁한 소리가 난다.
이따이 이따이.

설익은 과일은

우박처럼 떨어져 내린다.

이따이 이따이.

새벽잠을 설친 시민들의

눈꺼풀은 아직 열리지 않는다.

이따이 이따이.

비에 젖은 현수막은

바람을 마시며 춤춘다.

이따이 이따이.

아아

바다의 유언

이따이 이따이.

- 이선관의 〈독수대毒水帶〉[2]

제1연에서는 "바다"가 병들었다는 사실을 알 수 있다. "이따이 이따이"라는 비명을 토해내기 때문이다. 이따이 이따이는 '아프다 아프다'라는 뜻을 가진 일본어다. 어느 날, 일본 삼정三井 금속

광업소에서 일하던 노동자들이 카드뮴에 오염되어 불구자의 신세가 되었다고 한다. 그들의 썩어가는 몸에서 각혈하듯 쏟아지는 말들 중 가장 많은 것은 "이따이 이따이!"였다. 그 사건이 발생한 뒤부터 이따이 이따이는 카드뮴으로 인하여 인체가 망가지는 병을 일컫는 병명이 되었다. 시 〈독수대〉에서 이선관은 사람뿐만 아니라 바다도 똑같은 병에 감염되었음을 고발하고 있다. 감염이라니! 이따이 이따이가 천연적 질병이란 말인가? 아니다. 환경오염으로 인한 인공적 병이다. 그럼에도 부인할 수 없는 '감염'의 사실이 있다. 치명적 독성毒性을 지닌 카드뮴 같은 중금속 물질로부터 생명을 보호하는 윤리를 저버린 채, 산업의 실적만을 올리기 위하여 생명을 기계부품처럼 이용하는 반윤리적 사고방식에 한국 사회가 감염되었다는 사실이다. 그런 까닭에 사람뿐만 아니라 바다까지도 병자病者로 전락한 것이다.

공장의 노동자들, 바다, "과일" 등. 사람과 자연의 생명이 차례로 쓰러져가는 연쇄적 몰락이 사회문제가 되었다. 이것은 생명의 존엄성보다는 경제적 이익을 더욱 중요하게 생각하는 사람들의 사고방식이 낳은 파괴적 도미노 현상이다. 사람의 몸과 바다의 자궁을 중금속의 폐기물 처리장으로 타락시키는 '감염'의 병인病因은 생명의 가치를 자본의 가치로 환산하는 물질주의적 사고방식이다. 독일 시인 엘케 외르트겐이 〈물〉이라는 작품에서

"바닷물도 종언을 고하며 죽을 날을 기다리고 있다"고 탄식했듯이 이선관 시인의 고향인 남쪽 바다도 "유언"을 남기고 있다. 그 유언은 철없는 자식에게 사고방식의 전환을 촉구하는 어머니의 마지막 당부와 같다.

물과 연합하여 만물을 움직이는 '공기'의 생명력은 괜찮은가? 물의 세포들이 심각하게 파괴되었다는 것은 우리에게 무엇을 말해주는가? 물 속의 가장 중요한 성분인 산소에 비상이 걸렸다는 뜻이 아닌가? 산소가 왜소해지고 산소가 병드는 까닭에 인간을 포함한 만물은 하늘로부터 맑은 숨결을 받아 마실 수 없게 되었다. 시인 정현종의 비가悲歌를 들어보자.

바람아 그렇지 않으냐
하늘은 한 큰 숨 아니냐
새들아 나무들아
하늘 없이 우리가 어떻게
날고 자라고 기를 펴고 그러겠느냐

그런데, 그런데 말이지
요새는 숨쉬기가 어렵고

인제 몸도 정신도

나는 건 고사하고

자라지도 않는다

우리는 모두 발육 정지됐는데

몸도 마음도 더는 자라지 않는데

오호로 우습고나

성장이다 발전이다 가갸거겨

앵무새 앵무새 앵무새 놀음이다

너희도 다 알다시피

문명인의 머리 위에

인제 푸른 하늘이 없다

푸른 하늘이 없으니

하늘이 없다

푸른 하늘이 없어서

하늘이 없으면

어디에 가지를 뻗고

잎과 꽃은 또 어디에

피어나고 웃고 바람 불겠느냐

새들아 그리고 나무들아

너희도 알다시피 우리가 모두

하늘인데,

왜 하늘이냐 하면 우리가 모두

숨을 쉬니까 하늘인데,

우리는 하늘 속에

하늘은 우리 속에 있는데,

인제 푸른 하늘이 없으니

하늘이 없고

하늘이 없으니

우리가 없다, 내 사랑하는

숨결들아

새들아, 산 하늘들아

나무야, 하늘의 숨결아

너희의 깃을 나는 사랑하고

너희의 가지들을 나는 한없이

사랑하거니와

그리고

그리고 말이다

나는 언제나 너희 깃 속에 깃들여

나는 언제나 너희 가지에 깃들여

너희의 성장과 飛翔에 합류

너희의 그 아무도 몰라 이쁘고 이쁜 꿈에 합류하거니와…

- 정현종의 〈푸른 하늘〉[3]

시인 정현종은 현대문명의 '발전'에 관한 논리를 비꼬듯이 비판하고 있다. 기술문명의 급진적 컨베이어 벨트를 타고 황금만능의 '소돔'성城을 향해 전력질주한 결과는 무엇인가? 생명을 가진 모든 것들의 "한 큰 숨"인 "하늘"의 생명력이 왜소해지고 쇠약해졌다. 그런 까닭에 하늘의 큰 숨으로부터 "숨결"인 공기를 받아 마시며 자라났던 "새들"과 "나무들"이 "숨쉬기 어려워" 졌다. 하늘을 "머리 위에" 두고 살아가는 "우리 모두"가 "발육 정지"의 위험에 처했다. 철학자 머레이 북친이 지적한 것처럼 '인간의 도구화'는 '자연의 도구화'를 일으켜 생태 위기를 부르게 마련이다. 물질적 욕망을 채우기 위하여 공동체의 구성원들을 도구로 이용하고 자연을 수단으로 삼으면서 달려왔던 성장과 발전의 종착역은 죽음뿐이다. 다그마르 닉이 사람과 자연 사이의 상생을 망각해버린 모든 현대인을 향하여 "맹목적으로 전진한다"고 비판하였듯이 정현종도 경제적 성장과 기술적 발전의 급류에 휩쓸려 조화로운 성장의 숨결에 "합류"하지 못하는 현대인들을 자조적 목소리로 비판하고 있다. 나무들의 "가지에 깃들여" 그들과 함께 하늘의 맑은 숨결인 공기를 호흡하는 공존의 성장은 현대인들의 머나먼 "꿈"이 되었는가? 새들의 "깃 속에 깃들여" 그들과 함께 하늘의 푸른 숨결인 공기를 나눠 마시는 공생의 "비상飛翔"은 인간의 크나큰 이상理想이 되었는가?

독일 작가 한스 카스퍼Hans Kasper는 대도시 '보훔'에서 일어났던 공기와 사람 간의 불화를 다음과 같이 증언하고 있다.

> 보훔. 우리가 쌓아올린
> 부富의 연기가
> 공기를
> 오염시킨다.
> 해마다 사람의 가슴 속엔
> 3톤의
> 매연이 쌓인다.
> 그러나 생산의 수치數値밖에 모르는
> 전자형電子形 두뇌는
> 한 치의 오차도 없이

증명해 내리라.

죽은 자들은

숨을 잘못 쉬었으며

더욱 잘못된 것은

지나치게

숨을 몰아 쉬었기 때문이라고.

- 한스 카스퍼의 〈보훔*Bochum*〉[4]

한스 카스퍼는 "보훔"의 대기오염이 심각함을 강조하기 위해 도시 이름을 검정색으로 표기하였다. "공기"는 모든 생물에게 숨결을 불어넣는 생명의 근원이다. 그러나 "생산의 수치數値밖에 모르는" 자본주의 사회의 메커니즘은 근원의 푸른 빛을 죽음의 검은 빛으로 변색시킨다. 자본주의 사회를 움직이는 '성장제일주의' 풍조는 사람을 기계로 둔갑시킨다. 인격을 가진 사람을 "부富"를 쌓기 위한 부품으로 전락시킨다. '사회생태주의' 사상을 제시한 머레이 북친의 말처럼 사람을 자본의 도구로 이용하는 사회에서는 자연조차도 부富를 위한 도구로 이용당하게 마련이다. 나무 한 그루도 생산의 수치數値를 높이기 위한 재료에 불과할 뿐이다. "전자형 두뇌"만을 요구하는 조직사회에서 사람이 주변

세계를 돌아볼 여유를 갖는 것은 사치스러운 일로 매도당하기 쉽다.

사람 사이의 신뢰는 물론이요, 자연과 사람의 상생조차도 물질적 목표를 위해 우선순위를 양보해야 한다. 생명을 가진 모든 것들은 '생산의 수치數値'라는 목표를 달성하기 위해 "한 치의 오차도 없이" 도구로써 기능해야 한다. 도시인들의 뇌리에 뿌리박힌 물신주의가 공기를 오염시키는 주요 원인이 되었다. 그럼에도 대기오염에 따른 인체의 손상과 생태계의 위기를 모두의 사회문제가 아닌 개인의 사적私的 문제로 축소시키는 자본주의 사회의 반윤리적 횡포가 시민들의 호흡기관을 더욱 숨가쁘게 억누르고 있다. 윤리학 분야의 중요한 연구대상인 '생태윤리'의 관점으로도 마땅히 비판해야 할 슬픈 현상이다.

물론 지금의 보훔 시민들이 마시는 공기는 한스 카스퍼가 고발했던 과거의 오염된 공기가 아니다. 보훔은 정부의 녹색 정책과 시민들의 노력에 힘입어 독일의 다른 대도시들처럼 환경친화적 도시로 거듭났다. 안타깝게도 비非서구지역 및 제3세계의 수많은 개발 도상국들이 옛 독일이 경험했던 대기오염의 전철을 밟고 있다. 한스 카스퍼의 시 〈보훔〉과 보훔의 지나간 과오가 그들에게 타산지석이 되기를 바란다.

옛 루마니아의 땅 '체르노비츠'에서 태어난 작가 로제 아우스랜더. 그녀의 시 〈공기〉는 인류에게 어머니의 숨결과 같았던 공기가 누구에 의해, 어떻게 죽어가는지를 성토하고 있다.

물과 피를 받고 태어났지만
대도시의 원시림 속에서
길들여진 어머니

문명의 칼로 구획을 그어 놓은
정글은
또 다른 정글과 경계를 이루었지요

빛의 꼭대기를 날아다니다가
독毒의 강물 속에서 비틀비틀 헤엄치는

마지막 어머니
공기의
숨통을 끊은 이는 우리입니다

- 로제 아우스랜더의 〈마지막 어머니*letzte Mutter*〉[5)]

로제 아우스랜더는 대도시를 진원지로 하여 확산되는 대기오염의 실상을 고발하고 있다. 작가는 "공기"를 "마지막 어머니"라 부른다. 공기는 모든 생물에게 생명을 부여하는 근원이기 때문이다. 그러나 "마지막"이라는 말은 무엇을 시사하는가? 죽음을 향해 다가가는 공기의 절박한 상황이 아니겠는가? 작가는 "문명의 칼로 구획을 그어 놓은" 빌딩숲을 대도시의 "원시림"이자 "정글"로 표현한다. 공기는 이러한 문명의 숲속에서 길들여졌다. 맑은 햇빛 속으로 날아가지 못하고 전광판에서 내뿜는 인공적인 "빛의 꼭대기"를 떠돌고 있다. 지상으로 내려온다고 해도 "독의 강물" 속을 "비틀비틀 헤엄치며" 숨이 막혀 죽어갈 뿐이다. 바로 우리들이 문명의 칼로써 어머니와 다름없는 공기의 "숨통을 끊은" 것이다. 그 대가는 무엇인가? 이제 공기는 사람에게 생명의 숨결을 베푸는 것이 아니라 유해한 "독"을 선사하고 있다. 사람에게서 받았던 독배毒杯를 고스란히 사람에게 돌려주고 있다.

공기와 물은 모든 생명을 움직이는 근원적 원소다. 그렇다면 독일 작가 한스 카스퍼·로제 아우스랜더가 고발한 공기의 오염과 한국 시인 최승호·이선관이 고발한 물의 오염 사이엔 어떤 연관성이 있을까? 매연, 배기가스, 각종 화학물질이 공기 속으로 침투하여 탄소를 팽창시키고 산소를 질식시킨다면 물은 어떤 영향을 받을까? 공기는 탄소의 독성을 실어 나르는 화학전쟁의 전범戰犯이 되어 물을 오염시킨다. 물의 세포들이 파괴되면 물 속의 산소도 줄어들게 마련이다. 물속의 산소가 희박해지면 대기의 질에 악영향을 미친다. 물과 공기 사이엔 '산소'라는 생명선生命線이 연결되어 있다. 한국 시인 최승호·이선관의 작품에서 고발된 것처럼 화학물질의 보관소로 변해가는 강과 바다의 물은 산소를 갈구하고 있다. 그러나 "독"의 진원지로 변해버린 공기는 물 속에 더 이상 어머니의 맑은 숨결을 불어넣지 못한다. 오히려 복수의 여신 네메시스처럼 물의 숨통을 끊을 바이러스만을 퍼뜨릴 뿐이다. "마지막"에는 로제 아우스랜더의 예견대로 공기조차도 독의 강물 속에서 비틀비틀 헤엄치다가 생명을 잃을 것이다. 최승호·이선관·한스 카스퍼·로제 아우스랜더는 공동의 메시지를 합창하듯이 들려주고 있다. 물과 공기 사이의 생명선을 지키는 것은 인류의 초시대적超時代的 과제라고…….

물과 공기와 함께 근원적 원소의 트리오를 이루는 '흙'으로 시선을 돌려 보자. 독일 작가 엘케 외르트겐의 〈지구〉가 거대한 흙덩어리 '지구'의 암울한 미래를 경고한다.

> 한평생 동안 우리는
> 지구의 손님입니다.
> 지구는 우리를 길러주고 품어주다가

죽음의 품속에 우리를 거두어갑니다.

지구로 돌아가서 먼지가 되는

위대한 변화.

사랑스레 지구를 받들어야 할 까닭이

주인의 권리를 존중해야 할 까닭이

바로 여기 있습니다.

우리가 지닌 이 지구는

단 하나뿐이니까요.

우리는 지구의 살점을 도려내고,

지구의 피부로부터 털을 깍듯이

숲을 베어냅니다.

더구나 구멍 숭숭한 상처 속에

아스팔트를 메꾸어 숨통을 틀어막지요.

어느새 우리는 지구의 주인이 되었습니다.

빼앗고도 이내 휙 내버리는 변덕스런 강도가 되었습니다

밤낮을 가리지 않고

지구를 약탈하고 있습니다.

우리는 무절제한 도굴꾼이었습니다.

물고기와 물새들이

기름에 덮여

목숨을 잃듯이,

오염된 물과 흙

독毒이 밴 바람을 마시며

지구 역시 절명할 수 있습니다.

지구의 말을 알아들었던

성 프란체스코는

지구의 피조물들을 형제라 불렀답니다.

이제 지구의 기억 속에

남은 것은

우리가 그와 그의 피조물들에게

저지른 만행蠻行뿐.

우리에게 남은 것은

대홍수뿐입니다.

- 엘케 외르트겐의 〈지구*Erde*〉[6)]

작가는 "흙"에 대한 파괴로 얼룩진 인류의 역사를 되돌아본다. 비판의 칼날이 번득인다. 작가가 인식하는 역사는 "지구"의 흙에 대한 중단 없는 착취와 "약탈"의 기록이다. 사람에게 끊임없이 은혜를 베푸는 어머니의 모태와 같았던 지구가 사람의 욕망과 폭력 때문에 "절명"의 나락으로 떨어졌음을 작가는 고발하고 있다. 지구를 타락시킨 근본적 원인은 무엇일까? 지구의 흙을 도구로 취급하고 수단으로 이용하기만 했던 인간중심주의가 그 첫 번째 원인이다. 소유의 욕망과 소비의 탐욕을 채우기 위해 흙의 "피조물들"을 물건으로 취급하고 남용했던 물질만능주의가 그 두 번째 원인이다. 작가는 근대 이후의 역사에 대해 혹평하고 있다.

한국 시인 이하석이 그의 시 〈순례〉에서 "스스로 흩어놓은 것들 때문에 결코 돌아오는 길을 찾지 못하리라"[7]고 말했던 경고를 엘케 외르트겐의 작품에서 또 다시 읽게 된다. 인류가 지구에 대한 약탈을 절제하지 않고 흙의 생명을 사람의 몸처럼 보호하지 않는다면 인류에게 "남은" 보상은 노아의 "대홍수"와 같은 재앙뿐임을 경고하고 있다. 그러나 작가가 높이 치켜든 옐로카드는 현대인들의 물질만능주의를 생명중심주의로 변화시키려는 희망의 역설이 아니겠는가?

생명을 가진 모든 생물은 땅과 흙 속에서 태어나는 고귀한 존재라는 사실을 한국 시인 안도현이 노래한다.

내게 땅이 있다면

거기에 나팔꽃을 심으리

때가 오면

아침부터 저녁까지 보랏빛 나팔소리가

내 귀를 즐겁게 하리

하늘 속으로 덩굴이 애쓰며 손을 내미는 것도

날마다 눈물 젖은 눈으로 바라보리

내게 땅이 있다면

내 아들에게는 한 평도 물려주지 않으리

다만 나팔꽃이 피었다 진 자리에

동그랗게 맺힌 꽃씨를 모아

아직 터지지 않은 세계를 주리

- 안도현의 〈땅〉[8)]

이 세상에는 "땅"을 생명의 터전으로 보는 것이 아니라 자본의 증식처로 여기는 사람들이 많다. 독일 작가 마르고트 샤르펜베르크가 비판한 것처럼 그들은 땅을 "손에 넣으려는 아귀다툼" 속에서 인간성을 잃어버린 자들이다. 그들의 속물적 사고방식에 경종을 울리는 서정적 작품이 안도현 시인의 〈땅〉이다. 땅에 대

한 시인의 생각은 속물적 차원에서 벗어나고 있다. 땅은 수단이 아니다. 흙은 물건이 아니다. 땅과 흙은 생명들이 태어나는 고향이다. 땅은 흙의 숨결로 생명을 키워내는 신성한 모태다. 땅에서 "나팔꽃"이 피어날 때 번져가는 "보랏빛"의 물결 속에서 시인의 어린 "아들"은 천진스런 노래를 부른다. 시인은 푸른 하늘을 향해 힘겹게 "덩굴손"을 내미는 나팔꽃을 바라보면서 앞으로 험난한 세파를 헤쳐가야 하는 어린 아들의 머나먼 인생여정을 안쓰러운 눈길로 내다본다. 시인의 마음 속에서 보랏빛 나팔꽃은 어린 아들의 해맑은 얼굴과 하나가 되어 그의 소중한 분신으로서 살아 숨 쉰다. 그러므로 아들을 생각하며 흘리는 시인의 눈물은 아들의 볼을 적시듯 나팔꽃잎에 젖어든다. 혈육을 향한 아버지의 사랑이 자연의 생명까지도 자애롭게 품어 안는다. 그는 아들과 나팔꽃 사이에 이어져 있는 생명의 고리를 자신의 숨결로 어루만지며 나팔꽃을 아들처럼 귀한 존재로 사랑한다. 시인은 자연과 사람을 똑같이 사랑하는 착한 마음씨를 갖고 있다. 이 마음씨는 땅을 소유하려는 자들의 욕망의 검은 장막을 헤치고 흙의 숨결 속에서 길어 올린 생명의 빛이다.

만물은 흙에서 태어나서 흙으로 돌아간다. 그것은 자연의 섭리다. 이 섭리와 무관하게 존재하는 생명체는 없다. 사람도 예외는 아니다. 사람은 만물의 일원이기 때문이다. 그런 까닭에 흙을 아끼는 것은 사람의 몸과 살을 보호하는 것과 다르지 않다는 것을 시인 정호승이 다음과 같이 노래한다.

사람들이 삽을 버리고
포크레인으로 무덤을 파기 시작한다
새벽부터 산꼭대기까지 기어올라와
포크레인이 공룡처럼 으르렁거리며 산을 무너뜨린다
피를 흘리며 진달래는 좀처럼 신음소리를 내지 않는다
야외용 돗자리와 청주 병을 들고 산을 올라와
상주들은 포크레인이 무덤을 팠다는 생각을 하지 않는다
그렇다
누구에게나 하관의 시간은 짧다
김밥 한 줄 든 일회용 도시락 눕히듯 땅 속에 아버지를 눕히고
서른이 넘도록 시집 안 간 막내딸이 눈물로 진달래를 꺾어 관위에 던진다
소주를 마시며 잠시 쉬고 있던 포크레인이 다시 몸을 뒤튼다
둔중한 굴삭의 손을 들어 아버지의 무덤을 내리찍는다
오, 아버지는 두 번 죽는다
얼마나 아플까, 저 잔인무도한 굴삭의 주먹

평생 동안 아버지는 굴욕만 당하고 살았는데

막내딸이 포크레인 앞을 가로막고 나동그라진다

막 피어나려던 잔털제비꽃도 나동그라진다

나이 든 상주들은 말없이 막걸리만 들이켠다

어허 달구 노랫소리는 흐르지 않는다

포크레인에 짓이겨진 어린 진달래여

공동묘지 위를 나는 어린 까마귀여

아버지의 죽음에는 삽이 필요하다

줄담배를 피우며 비오는 날마다

흙이 되지 않으면 아니되었던

저 곤고한 아버지의 삽질을 위해

삽으로 파묻는 죽음의 따스한 손길을 위해

- 정호승의 〈삽〉[9]

흙은 "산"의 살肉이다. 그것은 아버지의 살과 다르지 않다. 세상을 떠난 아버지의 몸을 산의 살 속 깊이 묻을 때에는 "삽"이 필요하다. 산의 몸에 상처를 내지 않으면서도 아버지의 잠든 살을 "산"의 일부분이 되도록 도와주는 친밀한 도구여! 삽이여! 그러나 산을 정복하고 소유하려는 자들의 탐욕은 점령군단의 전차 부대처럼 "포크레인"을 몰고 온다. "진달래"의 시신屍身도, 진달래의 "신음 소리"도 "공룡처럼 으르렁거리는" 포크레인의 "굴삭" 속에 삼켜지더니 산산이 짓이겨진다. 사랑하는 아버지의 살은 포크레인이 파놓은 사각형의 참호 속에 물건처럼 임시적으로 보관되었다. 그러나 이제 만들어진 아버지의 임시 처소도 "막 피어나려던 잔털제비꽃이 나동그러지듯이" 포크레인 군단의 대대적 공습을 견디지 못할 전망이다. 조만간 산과 함께 정복되어 어느 개발업자의 소유물이 되거나 어느 기업의 또 다른 자산이 될 것으로 보인다. 아버지의 "삽질"은 "곤고한" 추억으로 남아 있게 될 것인가?

"삽으로 파묻는 따스한 손길"을 아버지의 몸은 간절히 기다리고 있을지도 모른다. "잔인무도한 굴삭"의 폭력은 "평생 동안 굴욕만 당하고 살아온" 아버지에게 또 한 번의 굴욕을 강요하는가? "흙이 되지 않으면 아니"되는 아버지의 주검이 수인囚人처럼 콘크리트 감옥 속에 유폐될 운명으로 바뀌는 것을 막을 수는 없는가? 흙으로 돌아가서 산의 살肉의 일부분이 되고 싶었던 아버지의 마지막 소망을 이루어 드릴 수는 없는 것인가? 시인 정호승의 작품 〈삽〉은 생명의 근원인 흙과 사람 간의 든든한 결속감이 생태 위기를 극복할 수 있는 희망임을 일깨워 준다.

다그마르 닉

이승하

귄터 헤어부르거

최영철

제4장

우리의 이성은 실험관 속에서 죽음을 배양한다

'세속화'의 질주에 저항하는 시인들의 생명의식

우리는 기술문명의 시대를 살고 있다. 과학기술의 혜택을 부인할 수 없다. 문명을 '자연'의 적敵으로 규정하고 문명 이전의 시대를 동경하는 것은 비현실적 발상이다. 과학기술이 생겨나기 전의 시대로 돌아가는 것은 불가능하기 때문이다. 우리는 문명의 이기에 익숙해져 있고 과학기술의 편리에 길들여져 있다. 그러나 이것이 우리에게 진정한 행복을 안겨주는가? 우리는 편리하고 안락한 세상에 살고 있지만 이것이 행복의 필요충분조건인가? 인간의 일을 컴퓨터가 알아서 척척 해준다. 기억과 암기가 필요 없을 정도로 스마트폰의 전자사전에서 모든 지식을 꺼내오기만 하면 된다. 서울에서 출장 업무를 마치고 KTX에 몸을 의탁하여 찜질방에서 자듯이 2시간만 눈을 붙이면 부산의 집으로 돌아갈 수 있다. 인공 지능 '알파고'를 바둑의 스승으로 삼을 날이 머지않았다. 3D 프린터로 빈센트 반 고흐의 〈해바라기〉와 이중섭의 〈소〉를 복사하여 감상하는 허위의식이 대중문화의 마당에 침투하고 있다. 시인 원무현은 그의 시 〈기계치의 첨단기기 공포증 탈출기〉에서 우리의 "웃는 표정"과 "일그러진 표정"까지도 "원본"과 똑같이 "복사"해주는 "회전문"의 시대를 개탄한 바 있다.[1] 우리는 인간의 창조 행위에 더 이상 의미를 둘 필요가 없는 미래로 나아가고 있는가?

기술문명의 혜택을 톡톡히 누리면서도 테크노신神의 전자령電子靈에게 이성을 송두리째 빼앗기고 감성을 마비당한 디지털 종파宗派의 광신도! 바로 우리의 모습이 아닌가? 육상 단거리 100m 경주 선수가 결승선 테이프를 향해 앞만 보고 달려가듯이 지난 20세기 문명과 과학기술은 급진적 속도로 질주해왔다. 이것을 역사의 발전이라고 자부할 수 있는가? 과학기술의 발전을 역사의 발전과 동일하다고 말할 수 있는가? 만물의 어머니이자 근원인 물, 공기, 흙이 병들어가고 나무, 꽃, 새들이 인간의 마을을 떠나간다. 슬픈 도미노 현상이다. 테크놀로지의 힘으로 유토피아를 건설하려고 했던 희망은 낭만적 환상으로 변해가고 있다. 산성비와 산성눈 때문에 살갗이 문드러지지 않을까 염려하고 아침 식탁에서 디저트로 먹는 과육果肉 속에 비타민이 아닌 농약

'파라티온'이 앉아 있지 않을까 의심하며 뒷산의 약수터에서 플라스틱 표주박으로 떠먹는 물조차도 환경호르몬의 유입을 염려해야 하는 현실이다.

인간의 삶 속엔 '소유'와 '소비'로 대체할 수 없는 행복의 조건들이 많다. 나무의 형제이자 꽃의 자매가 되어 생명공동체의 일원으로 살아가기. 새들의 노래에서 흘러나오는 녹색의 음표들을 상상의 연필로 마음의 악보에 필사筆寫하기. 성적性的 소수자, 외국인 노동자, 독거獨居 노인, 인권 사각지대의 사람들과 대화하며 소통하기 등. 기술과 자본의 척도로는 평가할 수 없는 삶의 양상들이 적지 않다. 그러나 지금도 이러한 인간적인 '만남'의 마당과 차단된 채 살아가는 이들이 무수하다. 기술시대의 메커니즘은 인간의 행복을 실현하기 위해 생산의 동력과 스피드를 고조시켜 왔으나 오히려 인간의 행복을 깨뜨리는 모순들을 풍성하게 생산하고 말았다. 전진과 상승, 생산과 발전에 집착하여 주변을 돌아볼 줄 모르는 현대사회에서 무관심, 고립, 차별, 냉대로 인해 가슴의 꽃밭이 상처의 가시덤불로 변해간다. 풍요와 편리를 누릴수록 행복과 평안을 느끼기보다는 오히려 근심과 우울이라는 무거운 병病의 공격을 받고 있다. 새로운 빙하기를 맞은 지구처럼 인간의 가슴에서 감성이 박제되어 간다. 이것이 역사의 발전이란 말인가?

더 높은 기술과 더 많은 물질을 소유하기 위해 세계의 곳곳에서 침략과 전쟁과 살육이 끊이지 않는다. 자본이 정신을 마네킹처럼 마비시키고 기술이 자연을 쇠붙이로 변화시킨다. 속도와 효용이 창조적 상상을 일회용 비품으로 전락시키는 '세속화'의 시대를 우리는 살아가고 있다. "인간은 그리고 일반적으로 이성적인 존재는 모두 목적 그 자체로서 존재하는 것이며, 단순히 이런 저런 의지가 마음대로 사용하는 수단으로서 존재하는 것이 아니다. 그래서 인간과 이성적인 존재는 모두 자신에게 하는 행위든, 다른 이성적인 존재에게 하는 행위든 모든 행위에서 언제나 동시에 목적으로도 생각되어야 한다"[2]고 말했던 칸트Immanuel Kant의 도덕철학이 무색해지는 세상이다. 인간을 기계의 부품처럼 취급하고, 인간의 존재가치를 상품의 가치로 환산하며, 인간의 능력을 자본의 획득을 위한 도구로 이용하는 메커니즘이 인간을 지배하고 있다.

시인 성선경이 그의 시 〈개〉에서 냉소적으로 비판한 것처럼 "밥과 잠자리를 얻기" 위해서는 "꼬리를 잘 흔들기"만 하면 된다는 속물적俗物的 처세술이 인간의 '만남'을 인격적 상호관계가 아닌 일회용 접촉의 단계로 타락시킨다.[3] 물질을 얻기 위해서라면 다른 사람의 수단으로 이용당하는 것도 주저하지 않는다. '데카당스'라는 말이 안성맞춤인 세속화의 소용돌이 속에 저마다 속속 합류하고 있다. 자본의 소돔성과 기술의 바벨탑을 응시하며 직선적으로 질주하는 광란의 쾌속 열차에 탑승하기를 주저하지 않는 물신주의자들과 기술만능주의자들! 현대인의 자화상이 아니겠는가?

이러한 세속화 시대에는 자연조차도 수단이나 도구로 취급받는다. 인격과 존엄성을 가진 인간이 '목적' 그 자체로 존중받지 못하고 수단이나 도구로 소외당하는 땅에서는 생명을 가진 자연조차도 생명 없는 물건으로 천대받게 마련이다. 인간의 인권人權이 실현되지 못하는 세상에서는 자연의 생명권生命權조차도 보호받을 수 없다. 인간의 상생相生이 깨지는 곳에서는 인간과 자연의 상생도 깨질 수밖에 없다. 인간의 상호의존相互依存을 바탕으로 하여 인간과 자연의 상호의존을 원활하게 유지해나가는 것은 아무리 강조해도 지나침이 없는 초시대적 사회문제다. 세속화의 물결 속에서 페스트처럼 번져가는 '생명의 소외'에 저항하는 힘은 무엇일까? 모든 생물과 인간이 하늘을 아버지로, 대지를 어머니로 섬기는 자녀의 연대의식에서 솟아나는 것이 아닐까?

맘몬物神이 인간을 자본의 노예로 길들이고 테크노신神이 인간을 기계의 부품으로 고정시키는 '세속화' 열차의 쾌속 질주에 누가 브레이크를 걸 수 있는가? 언제나 간이역의 역장처럼 아웃사이더를 자청해온 작가들이 아니겠는가? 날선 칼처럼 번득이는

© Gemma Stiles (Stairway To...)

그들의 문명비판에 귀를 기울여 보자. 그들의 비판 속에는 만물의 생명을 지켜내려는 사랑이 따뜻한 혈액처럼 흐르고 있다. 먼저 독일 시인 다그마르 닉Dagmar Nick의 작품을 읽어 보자.

우리에겐 두려움이 없다. 우리가 믿는 것은
로봇의 두뇌와 그 위력.
죽어가는 지구의
마지막 밤을 향해 우리는 맹목적으로 전진한다.

모든 생명은 우리 손 안에 있다.
우리에겐 말이 필요 없다.
오차 없는 공식에 따르면 되는 것. 우리의 이성은
실험관 속에서 죽음을 배양한다.

우리는 원자原子 알갱이들을 굴리며 논다.
암癌도, 페스트와 결핵도
우리는 더 이상 두렵지 않다.

우리가 사는 곳엔 지옥의 그림자 비치지 않는다.
한때 우리의 심장을 멎게 했던 저 지옥도

아주 가끔씩 우리를 귀찮게 할 뿐이다.

- 다그마르 닉의 〈우리는 *Wir*〉[4)]

다그마르 닉은 '기술문명의 발전이 곧 역사의 발전'이라고 확신하는 서구인들의 낙관적 역사관을 비판한다. 시인은 환경파괴의 주요 원인으로 물질만능주의와 과학기술만능주의를 지목하고 있다. 인간의 물질적 욕망이 과도하게 팽창하여 과학기술을 남용하는 경우에는 자연의 생명력을 착취하게 된다. 그 결과로 생태계가 교란되고 인류가 멸망할 수 있다는 가능성을 다그마르 닉은 경고하고 있는 것이다. 시인은 물질문명과 과학기술에 대한 낙관론을 비판하기 위해 화자의 입을 빌려 현대인들의 낙관론을 예찬하는 반어적 언술방식을 사용하고 있다. 세속화 양상에 대한 시인의 비판의식은 반어反語를 통해 극대화된다. '반어' 속에서 진행되는 시인과 화자 간의 논쟁에 귀를 기울여보자.

화자는 "우리"다. 세속화의 첨단을 보여주는 속물근성의 총아寵兒들이다. 우리는 과학기술의 힘을 "맹목적으로" 신뢰한다. "로봇"과 "실험관"은 각각 로봇 그 자체이고 실험관 그 자체이지만 과학기술 전체를 상징하는 은유이기도 하다. 우리는 과학기술의 힘을 통하여 풍요와 윤택과 편리를 무제한으로 누릴 수 있다고 확신한다. 우리가 믿고 있는 "로봇의 두뇌와 그 위력"이 "우리 손 안"에 "모든 생명"을 쥐어줄 것이기 때문이다. 그러므로 우리는 자연의 모든 생명과 사람의 모든 유전자를 실험관 속에서 조작하여 자본의 이익으로 바꿀 수 있음을 자랑스럽게 선포한다. 과학기술과 물질이 신神처럼 우리에게 번영과 행복을 보장해 줄 것을 의심하지 않기 때문에 우리에게는 두려움이 있을 리 없다. 히브리 민족은 모세의 지팡이를 따라 홍해를 건너 '젖과 꿀'이 흐르는 '가나안' 땅을 향해 나아갔지만 우리는 과학기술의 지팡이가 지시하는 "오차 없는 공식에 따르면" 그만이다. 우리의 유일한 마지막 목적지는 물질만능의 소돔성과 같은 곳이다.

그러나 다그마르 닉은 보이지 않는 곳에서 화자인 "우리"를 비판한다. 세속화의 길을 질주하는 우리가 시인의 비판에 직면한다. 닉은 과학기술과 물질을 향한 우리의 맹목적 "전진"을 책망한다. 닉은 우리에게 "지구의 마지막 밤"이 가까이 다가왔음을 경고한다. 우리의 탐욕을 채우기 위하여 자연의 모든 생명을 "손"에 쥐고 이용한다면 우리에게 돌아올 보답은 인류의 종말뿐이라는 것이다. 자본을 증식하기 위하여 실험관 속에서 모든 생명을 복제하고 조작한다면, 우리가 믿었던 바로 그 실험관 속에서 "죽음"을 "배양"하는 아이러니를 낳을 것임을 시인은 경고하고 있다. 우리가 질주해온 세속화의 종착역은 우리를 포함한 만물의 죽음이란 말인가? 한국 시인 이승하는 모든 종種의 죽음을 앞당기는 치명적 원인을 인류의 과잉 소유와 과잉 소비라고 비판한다.

種이 사라지는 아픔은 없다
코뿔소가 사라지는 아픔은 없다
코끼리가 사라지는 아픔도 없다

나, 소비의 주체이니
돈을 벌어 물건을 살 뿐
나, 카드의 주인이니
카드를 꺼내 사인을 할 뿐
나, 승용차의 소유자이니
기름을 채워 운전을 할 뿐

때때로 자식을 데리고 대공원에 가면
코뿔소는 아직 코에 뿔이 달려 있고
코끼리는 아직도 코가 손이다
상아 있는 코끼리가 있다
코뿔 없는 코뿔소는 없다

種은 아직도 엄청나게 많고

나는 서서히 살아간다
생명에서
나는 부지런히 사라진다
물건의 사용자로
물건으로.

- 이승하의 〈생명에서 물건으로〉[5)]

다그마르 닉의 작품에서 화자였던 "우리"가 이승하의 작품에서는 "나"로 바뀌었다. 이성理性의 시대를 본격적으로 열었다고 해도 과언이 아닌 데카르트의 명언 "나는 생각한다, 그러므로 존재한다"는 말을 이제는 "나는 소유한다, 그러기 위해 존재한다" 혹은 "나는 소비한다, 그래야만 존재하는 것이다"로 패러디할 수 있는 시대상황에 이르렀다. 시 〈전천후 산성비〉에서 "다 소비하기도 전에 쓰레기통만 가득 채우는 시대"라고 쓴웃음을 짓던 시인 이형기의 탄식은 데카르트의 말을 위와 같이 패러디하고도 남을만한 근거다. 우리의 시대가 물질만능의 소비중독 시대로 접어들었음을 전해주지 않는가?

풍요로운 소유, 윤택한 소비, 편리한 "사용"에 길들여졌기 때문에 자신도 모르게 "카드의 주인"이자 "소비의 주체"이자 "물건의 사용자" 외에는 다른 정체성을 갖기 어려운 존재로 퇴화하고 있는 인간의 현실이여! 그 현실의 또 다른 이름이 '세속화' 아니겠는가? 이성적理性的 본성을 가진 인간이 욕망의 본성만 남은 물건으로 퇴화하는 과정은 세속화의 끔찍한 첨단 양상이 아니겠는가? 이승하의 시는 독일 시인 루트비히 펠스Ludwig Fels가 비판했던 "소비 테러"[6]의 시대를 상기시킨다. '자본'이라는 테러리스트가 터뜨린 쾌락과 편리의 최면 가스에 마비된 인간의 이성이여! 자연을 소유의 대상이자 소비의 도구로 취급해왔던 반反이성적 길을 돌이킬 날은 올 것인가? "코뿔소"의 "뿔"과 "코끼리"의 "상아"는 인간이 사용할 물건이 아니라 코뿔소의 소중한 몸이자 코끼리의 생명의 일부라는 사실을 깨달을 날을 언제까지 기다려야 하는가?

인간과 함께 같은 하늘을 머리에 이고 살아가는 종種들. 인간과 함께 나무들의 푸른 숨결을 나눠 마시는 종種들. 인간과 함께 같은 흙을 밟고 살아가는 마을의 주민 같은 종種들! 소유할 "물건"으로 그들을 소외시키지 말고 "생명"을 가진 이웃으로 존중하도록 인간의 마음을 변화시켜 나가는 역할이 작가들에게 주어져 있다. 결코 쉽지 않은 역할이다. 그러나 이 어려운 일을 감당하려는 작가들의 연대의식이 생명의 물화物化를 휘몰아오는 세속화의 급행 질주에 저항하는 정신적 항체가 될 수 있다.

시민계급 훈계의 채찍질
시민계급 권력의 업적들
시민계급 욕망의 예배들
곧 온갖 힘들을 가지려는 의지
모든 것이 와르르 무너질 것입니다.
온통 황금으로 뒤덮인
소름끼치도록 무거운 마차가
부패한 폐기물로 가득한
강물 속에 빠져버리듯이.

- 권터 헤어부르거의 〈낮의 미인 *Belle de Jour*〉중에서[7]

독일 시인 권터 헤어부르거Günter Herburger의 시 〈낮의 미인〉이다. 본문은 독일어로, 시의 제목은 프랑스어로 쓰여진 작품이다. 제목 '벨 드 주르Belle de Jour'는 루이 브뉴엘 감독의 1967년 영화 〈세브린느〉의 원제이기도 하다. 의사 부인이지만 남편이 퇴근하기 5시간 전까지 "낮"에만 고급 창녀의 이중생활을 하는 "미인"의 이야기를 그린 영화다. 프랑스의 대표적 여배우 '카트린느 드뇌브'

가 주연을 맡아 더욱 유명해진 작품이다. 그런데, 이 '벨 드 주르'라는 이름은 전직前職 고급 창녀이자 의학 박사인 '브룩 메그넌티'라는 영국 작가의 필명이기도 하다. 메그넌티는 의과대학 박사과정 재학 중에 학비를 벌기 위해 콜걸로서 일했던 체험담을 자신의 블로그에 연재하다가 이것을 소설로 엮어 일약 베스트셀러 작가가 되었다. 프랑스 영화 〈세브린느〉의 내용, 영국 작가 브룩 메그넌티의 일화, 그리고 귄터 헤어부르거의 작품에서 찾을 수 있는 'belle de Jour'의 공통점은 무엇일까? 물질만능주의가 아닐까?

"부패한 폐기물"이 암시하듯이 귄터 헤어부르거는 생태파괴의 원인으로 물질만능주의를 지목하고 있다. 《구약 성서》에 기록된 타락의 도시 소돔과 고모라처럼 "황금"을 우상처럼 숭배하는 현대의 대도시. 이곳은 생태계 안에 존재하고 있으나 생태계를 파괴하는 생태 위기의 진원지가 되기 쉽다. 도시 계획 속에 자연과의 공생 정책을 포함시키지 않는 한, 그렇게 될 가능성이 큰 곳이다. 대도시의 "시민계급"은 "훈계"의 네트워크 안에서 살아간다. 시민들이 주고받는 훈계의 대부분은 어떻게 하면 황금(자본)을 더 쉽게, 더 빠르게, 더 많이 쌓아 올리느냐 하는 방법에 관한 것이다. 말馬이 쉴 새 없이 "채찍"을 맞고 길들여지듯이 시민들은 황금을 증식하기 위한 훈계의 채찍을 무수히 맞으며 '자본형 인간'으로, '주식형 인간'으로 길들여진다. 물신物神을 숭배하는 배금교拜金敎의 신도[8]로서 의식이 마비되어 간다.

맘몬의 제단 위에 "욕망"이라는 제물을 바침으로써 황금의 축복을 얻어내려는 시민계급의 기형적 "예배"를 어찌해야 하는가? 계산된 욕망의 제물에 비례하여 거둬 들이려는 소유의 창고는 맘모스처럼 비대해진다. 시인 조풍호는 그의 시 〈서부시대〉에서 "황금이 묻혀 있다는 곳엔 어김없이 (…) 맨 먼저 교회가 올려진다"고 한국 사회의 병리현상을 해부한 바 있다. 그의 쓴소리처럼 지금은 교회가 "마음이 가난한 자는 복이 있다"는 예수 그리스도의 청빈의 정신을 '어김없이' 배반하는 일에 앞장 서고 있다. 이 시각에도 성직자들은 '맨 먼저' 하느님의 집을 맘몬의 '황금' 제단으로 리모델링하는 일에 헌신하고 있다. 그로테스크한 헌신이 아닌가? 종교를 포함하여 인간이 정신을 집중하는 수많은 영역이 "욕망의 예배"에 종속되어 있다. 세속화의 세력권은 이토록 광활하다는 말인가?

시민들의 소유 창고에 황금이 넘쳐날 때 그들은 황금을 소비의 "마차"에 싣고 시장市場이라는 "강물" 속으로 몰아넣는다. 루트비히 펠스의 시 제목처럼 자연은 시민들에 의해 '소비 테러'를 당한다. 황금의 무게를 이기지 못하는, "소름끼치도록 무거운 마차"는 단 한 번 사용된 뒤에 버려진 "부패한 폐기물로 가득한 강

물” 속에 빠져 들어간다. 독일의 작가 귄터 헤어부르거는 욕망의 노예로 전락한 도시인들의 과잉 소유와 과잉 소비가 생태계의 부패를 부추긴다는 것을 고발하고 있다. 과잉 소유와 과잉 소비라는 현대인들의 세속화된 일상문화日常文化가 생태 위기의 근본적 병인病因임을 해부한 작품이다. 그렇다면 시민들의 또 다른 일상문화인 휴식과 휴양은 물질만능의 세속화 양상과 어떤 연관성을 갖는 걸까? 시인 최영철의 〈제4호 찜질방〉으로 가보자.

> 죄수복 같은 걸 껴입고 줄지어 들어갔다 어떤 이는 빨간색을 달라고 했다 어떤 이는 내 인생을 숨길 좀 더 큰 사이즈를 달라고 했다 사람을 어떻게 보고 이러느냐고 화를 냈다 입고 왔던 걸 다 벗어주었지만 담을 그릇이 없었다 아무렇게나 육체를 팽개치고 몇은 불가마 속으로 자청해 들어갔다 잠시 살 타는 냄새가 났다 몇은 용케 때를 벗었으나 그 중 몇은 불잡을 새도 없이 한결 더 뜨거운 화장막 속으로 들어갔다 써낼 죄목이 여의치 않은 몇은 줄기차게 쏟아진 죄를 뒤집어쓰고 죄를 땀처럼 흘리며 걸어나왔다 차를 갈아 타며 이런 델 왜 왔는지 모르겠다고 투덜거렸다 돈을 걸고 사주를 빼보았지만 여기도 별 수 없군 별 수 없어 벗어둔 죄수복 같은 걸 껴입고 더 뜨거운 불가마 속으로 들어갔다
>
> \- 최영철의 〈제4호 찜질방〉[9]

현대인들은 여가가 주어지면 참된 휴식을 취하러 여행을 떠나거나 휴양지를 찾는 것이 아니라 도피처를 찾아 피신하는 것이 아닐까? 일상의 습관처럼 반복되는 "찜질방" 입소도 그런 도피의 행각일 수 있다. 찜질방에서 "껴입은" 찜질복이 시인에게는 "죄수복"처럼 느껴진다. 왜일까? 물질과 지위와 명예와 권력을 한 뼘 남짓한 작은 손에 움켜쥐기 위해 100m 육상 선수처럼 날카로운 직선의 경주로를 질주해 왔던 현대의 도시인들. 그들의 질주 과정은 "죄"의 철마鐵馬가 달려온 레일이기도 하다. 도움을 요청하는 손길을 가까스로 내미는 친구와 이웃과 지인을 어제는 이방인처럼 외면했고 오늘은 욕망의 도구로 이용하고 있으며 내일은 이익의 단물을 빨아먹기 위해 빌붙어야 할 손익계산의 대상으로 바꿔버린다. 현대인들의 인생은 "죄"의 도미노가 되었다.

로버트 프로스트Robert Frost가 그의 시 〈풀베기Mowing〉에서 "진실은 노동만이 아는 가장 달콤한 꿈"이라고 말한 것처럼 성실하게 땀 흘려 일하는 자의 휴식은 달콤할 수밖에 없다. 그러나 상호부조의 미덕을 내팽개친 자들의 노동이라면 사정은 달라진다. 최선을 다하는 노동이라고 해도 인간 상호 간의 관계에 의미를 두지 않은 노동의 휴식은 달콤한 휴식이 아니라 인간성의 영역으로부터 스스로 도피하는 것이다. 그것은 무의식의 노트에 새겨진 '비非인간성'의 이름을 잊으려는 도피일 뿐이다.

욕망의 레일을 숨가쁘게 질주하는 자들이 모처럼 선택한 휴식은 이성적 성찰을 통해 자신의 인생을 객관적으로 바라보려는 여유가 아니다. 질주의 대열로부터 이탈하여 상호부조의 인생길로 전향을 모색하는 것도 아니다. 그들의 휴식은 물신物神의 노예이자 기계의 부품으로 굳어져 가는 자신들의 실체를 회피하려는 유희에 지나지 않는다. 그러나 그들의 몸과 살에 깊이 새겨진 '물신의 자녀'라는 호적戶籍은 이태리 타올로 아무리 벗기려 애를 써도 벗겨지지 않는 죄이며 벗을 수 없는 죄수복이다. 맘몬이 지배하는 메트로폴리탄에 전입한 지 이미 오래된 몰沒인간성의 몸이여! "더 뜨거운 화장막" 속으로 도피해도 "죄를 뒤집어쓰고 죄를 땀처럼 흘리며 걸어 나올" 뿐이다.

그들은 "아무렇게나 육체를 팽개치고 불가마 속으로" 도피해 자신들의 세속화된 몸의 실체를 잠시나마 가리고 싶었을 것이다. 그러나 세속화된 몸을 자각하지 못하는 그들의 인생은 어디로 향하는가? "더 뜨거운 불가마"처럼 시뻘건 쇠바퀴를 번득이는 질주의 레일 위로 "더 뜨거워진" 욕망의 불덩이를 안고 복귀할 뿐이다. 인격을 가진 인간이 물욕의 포로가 되는 '세속화'의 현실이여! 시인 최영철은 물욕物慾이라는 죄수복을 입고 있는 자기 '몸'의 실체를 돌아보지 못하는 현대인들의 인생을 희화적戱畵

的으로 비판하고 있다. 자신에 대한 반성과 성찰의 시간을 갖기 위해 정신적 투쟁의 열기를 "더 뜨겁게" 고조시키려는 노력이 인류에게 필요하다. 물신物神의 노예로 길들여지는 것을 스스로 깨닫지 못하고 비판하지 못하는 '죄'는 수많은 사람들을 자본의 도구로 타락시키고 자연을 물건으로 남용하는 '더 큰' 죄를 낳는다. 그것은 지구의 공동 세입자로 함께 살고 있는 모든 종種들을 멸망의 막다른 골목으로 몰고 가는 가장 치명적인 병인病因이다.

리젤로테 촌스

마르고트 샤르펜베르크

귄터 그라스

예르크 부르크하르트

제5장

하느님의 형상을 닮은 “사람”, 그의 가장 큰 죄는 탐욕이다

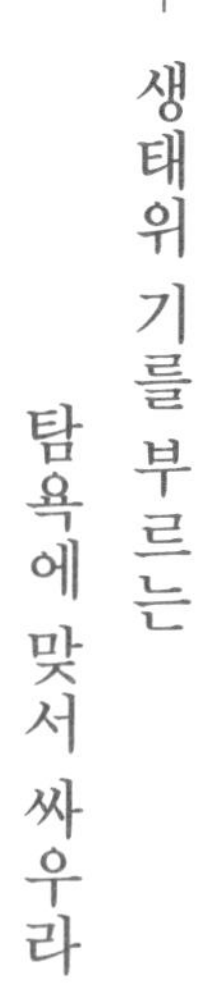

땅과 바다를 소유물로 삼고 동물과 식물을 수단으로 이용하는 행동들이 전세계를 생태 위기의 막다른 골목으로 몰고 간다. 지구촌 곳곳에서 계절과 상관없이 발생하는 홍수, 폭염, 한파, 가뭄 등의 이상 기후 현상으로부터 생태 위기를 실감하게 된다. 20세기 이후 세계의 수많은 작가들이 생태 위기의 근본적 원인은 인류의 지나친 소유욕, 즉 '탐욕'임을 지탄해왔다. 독일 베를린 출신의 작가 리젤로테 촌스Lieselotte Zohns는 다소 격앙된 목소리로 인류의 탐욕을 고발하고 있다.

"사람".

하느님을 닮은 형상이여.

"너희 발 아래
지구를 복종시켜라."

지구를 괴롭히고
지구를 학대하고
지구를 약탈한다.
지구의 찬란한
숲들을 베어낸다.

결실을 베푸는
지구의 강江들을
바닥까지 메마르게 한다.
생명을 선사하는
지구의 대양大洋들을 없애버린다.

지구에게서
숨 쉴 공기를 앗아가고
별들을 부숴버린다.

사람의 손에서

피가 뚝뚝 떨어진다.

물개들을 때려 죽이고

고래들을 작살에 꿴다.

표범들을 총으로 쏘아 죽이고

코끼리들을 사냥한다.

길들인 가축을 상자에 넣어 포장하고

노래하는 새의 숨통을 끊는다.

곤충들을 독살하고

잡초들의 씨를 말리며

과일에 농약을 주입한다.

인조비료를 뿌리고

화학사료를 먹인다.

몰로흐와 같은

과학기술은

마법을 배우는 학생을

먹어 치운다.

모든 것을 먹어 치우는 자, "사람".

형제를 살해한 자, "사람".

학대와 고통으로 신음하는 지구.

그대의 모든 피조물들에 의해

피를 송두리째 빼앗긴 지구.

하느님의 형상을 닮은 "사람",

악마 같은 권력자.

그의 가장 큰 죄는

탐욕이다.

- 리젤로테 촌스의 〈고발 *Klage*〉[1]

〈창세기〉의 기록에 따르면, "하느님"은 만물을 창조하기 시작한 지 여섯째 날에 마지막으로 "사람"을 창조했다고 한다. "하느님의 형상"대로 지어졌던 까닭에 사람은 본래 선한 존재였다. 그러나 아담과 하와가 하느님과의 약속을 어겨 에덴 동산에서 쫓겨난 뒤, 사람의 후손은 "학대", "약탈", "살육", "착취"를 그치지 않았다. 지금까지도 끊임없이 반복되는 사람의 이러한 "죄"는 모두 "탐욕"에서 비롯되었다. 사람은 하느님에게서 선물로 받은 이성理性을 하느님의 본질인 사랑을 실천하는 데 사용하지 못하고 탐욕을 채우기 위해서만 사용했던 것이다. 모든 것을 "먹어 치우려는" 듯, 사람은 이성의 힘을 잘못 사용하여 자연을 "복종"시키고 지배하기 시작했다. 사람은 한계 없는 풍요, 윤택, 편리를 누리기 위해 자연의 생명력을 착취해왔다. 리젤로테 촌스는 사람의 탐욕이 사람의 이성을 비이성적 방향으로 이끌어 생태계를 파괴하였음을 "고발"하고 있다.

사람이 만들어낸 작품들 중 독보적인 것은 "과학기술"이다. 과학기술은 사람의 탐욕을 채워주는 하인처럼 사람에게 헌신해왔다. 그러나 과학기술의 발전 속도가 빨라질수록 오히려 과학기술은 사람을 지배하는 주인의 자리에 올라섰다. 과학기술을 도구로 사용해왔던 사람은 아주 작은 일에도 과학기술에 의지하면서 뇌수腦髓의 퇴화를 경험하게 되었다. 친자식들을 "먹어 치우는" 그리스 신화의 괴물 "몰로흐"처럼 과학기술은 사람의 정신을 갉아먹으며, 사람의 뇌수를 안락과 편리에 중독된 물건으로 길들여가고 있다. 생명의 "결실"을 안겨준 자연에게서 보복의 칼날을 받고, 자신의 피조물인 과학기술에게 지배당하는 모순 중의 모순이 바로 사람이다. '모순'이라는 병든 아이를 낳은 모태는 곧 사람의 탐욕이다.

독일 태생의 미국 작가 마르고트 샤르펜베르크는 인류의 비대한 욕망이 종種들의 생명을 '박제' 상태로 만드는 비극을 고발하고 있다. 비극의 출발점은 자본을 소유하기 위해 '생산의 수치數値'에만 집착하는 도시인들의 탐욕이다.

박제된 새들만이
삶을 이어갈 것입니다.
밤이면
귀를 파고드는
굉음의 틈바구니 속에서
잠시만이라도
정적을 지키는 동물은
우리 도시들의
입구에 서 있는
석조石造 사자뿐입니다

도시는
비둘기에게 모이를 주듯
오물과 욕망으로
우리를 사육했습니다.
마침내 우리의 생존 법칙을
독살하고 말았지요

개처럼 길들여졌다고나 할까요

우리의 기분 따위는

도시의 고려 대상이 아니었습니다

우리는 모든 것에 값을 매기고

생산의 수치數値만을 첩첩이 쌓아가면 그만이었죠

얼마 남지 않은 나무들과

덩치 큰 침실을

손에 넣으려는 아귀다툼 속에서

우리는 스스로 생명을 버렸답니다.

- 마르고트 샤르펜베르크의 〈대도시의 통계학*Statistik für Großstädte*〉[2)]

뮌헨 대학교의 교수 페터 코르넬리우스 마이어 타쉬Peter Cornelius Mayer-Tasch는 생태 및 환경문제를 다루는 문학작품들이 "저항의 언어를 구체적으로 표현한다"고 말한 바 있다. 자연을 파괴하는 사회적 원인들을 비판하고 개혁하려는 성격을 갖고 있다는 것이다. 이러한 능동적 '저항'의 성격이 마르고트 샤르펜베르크의 작품에서 선명히 드러난다. 작가는 물질을 소유하려는 "욕망" 때문에 수단과 방법을 가리지 않는 비정한 세태를 비판하고 있다. "모든 것에 값을 매기고 생산의 수치數値만을 첩첩이 쌓아가는" 사회 속에서는 사람과 자연의 상생이 불가능하다는 것을 말하고자 한다. 작가가 주목한 "뻐꾸기 시계 속의 새들"과 "도시의 입구를 지키는 석조石造 사자"는 자연성의 상실을 상징하는 사물들이다. 작가는 이러한 반反자연성을 낳은 원인으로 도시인들의 물질적 욕망을 지목하고 있다. "얼마 남지 않은 나무들을 손에 넣으려는" 탐욕이 사람과 자연의 상호관계를 단절시키고 생물들의 "생명"을 연쇄적으로 쓰러지게 만드는 원인이 되었다는 것이다.

돈을 손에 거머쥐려는 욕망이 비대해질수록 생물들은 생명을 가진 존재가 아니라 사람에게 돈을 벌어다 주는 상품으로 변해 간다. 더 많은 돈을 벌기 위하여 생명을 대량으로 생산하는 비뚤어진 문화가 사람의 마음을 지배하게 된다. 이러한 반생태적 문화 속에서 생물들은 '살상'이라는 엄청난 희생을 강요당한다. 소설 《양철북》으로 노벨 문학상을 수상한 귄터 그라스Günter Grass는 정신적으로 타락한 인류의 탐욕이 생물들을 대량으로 살상하여 자연과 생태계를 병들게 하는 물리적 '타락'을 낳고 있다고 비판한다. 그의 시 〈타락〉을 읽어 보자.

아스피린 기운은 갓 낳은 달걀들 속에 이미 스며들었건만

어찌하여 수탉들은 아직도 두통을 앓고 있는가

그럼에도 보란 듯이 걸어다니긴 하는데

새해를 시작하는 병아리들의 발걸음은 어찌 이토록 신경질적인가!

- 권터 그라스의 〈타락*Dekadenz*〉[3)]

권터 그라스의 작품과 관련이 있는 독일 시인 아른프리트 아스텔Arnfried Astel의 시 〈환경오염〉이 떠오른다. 아스텔은 이 작품에서 "두통"을 가라앉혀야 할 "아스피린"이 오히려 "두통을 생산한다"고 말한다. "똥이 하얗게 탈색되고 오줌에 피가 고일" 정도로 아스피린은 독성을 가진 약품이라고 그는 문제의 심각성을 부각시켰다. 그러나 아스텔이 아스피린의 남용에 따른 부작용을 경고하기 15년 전에 권터 그라스는 인체뿐만 아니라 동물의 몸 속에까지 파고드는 아스피린의 파괴력을 폭로했다. 그라스의 폭로는 지구의 수많은 동물이 사람의 인공적 사육법과 치료법 때문에 집단적 질병에 시달리고 있는 현실을 환기시킨다. 동물들은 병을 얻은 다음엔 자연사自然死의 권리마저 박탈당한 채 대량학살을 당한다. 이 대량학살을 사람은 '살처분'이라 부른다. '처분'이란 낱말 속에는 '응당 그렇게 할 수밖에 없다'는 당위성이 스

며 있다. 이 낱말 앞에 '살殺' 자를 결합시키면 동물이나 가축을 죽이는 것이 마땅히 해야 할 대응책임을 공인하게 된다. 동물의 집단 감염을 막고 인체를 보호하기 위한 대안임을 누가 모르겠는가? 그러나 아스피린처럼 독성이 강한 약품을 "닭"에게 먹여 닭의 몸이 쇠약해지면 '조류 독감'에 저항할 면역력이 떨어진다. 동물성 사료를 '소'에게 먹여 소의 뇌를 파괴하면 '광우병'의 위험에 직접 노출된다. 닭과 소의 건강을 염려하는 것이 아니라 닭의 숫자를 늘이고 소의 몸집을 부풀리려는 사람의 물질적 탐욕이 자연과 사람에게 공공의 해악을 안겨준다.

시인 이성선의 시 〈우황牛黃〉에 등장한 '소'의 형상을 추억해보자. "짐 실어나르며 걷고 걷다가 몸 부서지면 쓸개 하나 이 땅에 비로 남겨 중생의 아픔을 쓸어내는"[4] 살신성인의 화신이었다. 그러나 소의 긍정적 이미지는 사람의 인공적 손길 때문에 퇴색되어 갔다. 아버지인 "수탉"의 정자 속에 스며든 아스피린의 독성을 그대로 물려받아 "두통"에 시달리며 "신경질적"으로 봄길을 걸어가는 "병아리"의 현실은 21세기 소의 현실과 다르지 않다. 자연은 사람의 인공적 손길에 의해 질병의 멍에를 쓰고 자연사自然死의 권리마저도 박탈당한다. 자연의 "타락"은 사람의 탐욕에 의해 강요된 타의적他意的 타락이다.

자연이 병들어 죽어가는 것은 탐욕에 의해 사람의 이성이 퇴화되어 이성의 길을 역행하게 된 결과다. 독일 작가 예르크 부르크하르트Joerg Burkhard는 그런 반이성적 행태들 중 하나로 사람이 과학기술의 노예로 타락하는 것을 지적한다.

발전의 길은 날이 갈수록
퇴화의 길로 변하고 있다
나는 곧 컴퓨터처럼 말하게 될 것이다
우리는 추억을 모조리 잃어버리고
전자감응 장치에 따라 규칙적으로 반응하리라
사진 속에서 잠들고
사진 속에서 깨어나는 우리

- 예르크 부르크하르크의 〈인류학〉[5]

작가는 "발전"의 의미에 대해 의문을 던진다. 그는 과학기술의 발전이 곧 인류의 발전과 같다는 등식等式을 부정한다. "컴퓨터"는 신속한 정보교환과 풍부한 정보의 공유를 통하여 사람의 업무를 좀 더 편리하게, 사람의 생활을 좀 더 윤택하게, 사람의 정신을 좀 더 지혜롭게 발전시키기 위한 도구다. 컴퓨터는 사람의 교류와 소통을 원활케 하는 매체다. 그러나 사람을 돕는 도구적 매체였던 컴퓨터가 이제는 사람의 정신을 지배하는 주인이 되었다.

커텐을 열듯이 컴퓨터 스위치를 'ON'으로 올릴 때에야 비로소 아침이 시작되는 것을 느낀다. 컴퓨터의 사각형 바탕 화면이 밝아오고, 그 안에서 미소 짓는 얼굴이 떠오를 때에야 비로소 "깨어난" 것을 느낀다. 하루 종일 컴퓨터 안의 오토매틱 메신저가 명령하는대로 '정신'의 레이더를 움직인다. '하드웨어'라는 사령관의 용병이 되어 '프로그램'이라는 전자군단의 전투 프로젝트를 수행하기 위해서 열심히 마우스를 조준하고 커서의 방아쇠를 당긴다. 그러다가 프로그램 군단의 제1단계 프로젝트가 종료되고 스위치가 'OFF'로 내려갈 때에야 비로소 밤이 깊어지는 것을 느낀다. 컴퓨터의 바탕 화면이 저물고, 그 안에서 미소 짓던 "사진" 속의 얼굴이 종료되고 나서야 비로소 사람은 어제처럼 "잠드는" 것을 재현한다.

하나라도 더 소유하고 조금이라도 더 편해지려는 욕망이 사람을 과학기술의 노예로 타락시켰다. 예르크 부르크하르트의 시 〈인류학〉은 이성理性의 산물인 과학기술에게 오히려 이성을 저당잡힌 채 기계의 부품처럼 살아가는 사람의 모순을 비판하고 있다. 이성의 "퇴화"에 경종을 울리고 있는 것이다. 사람의 이성에 빨간 불이 켜질 때 생태 위기는 시작된다.

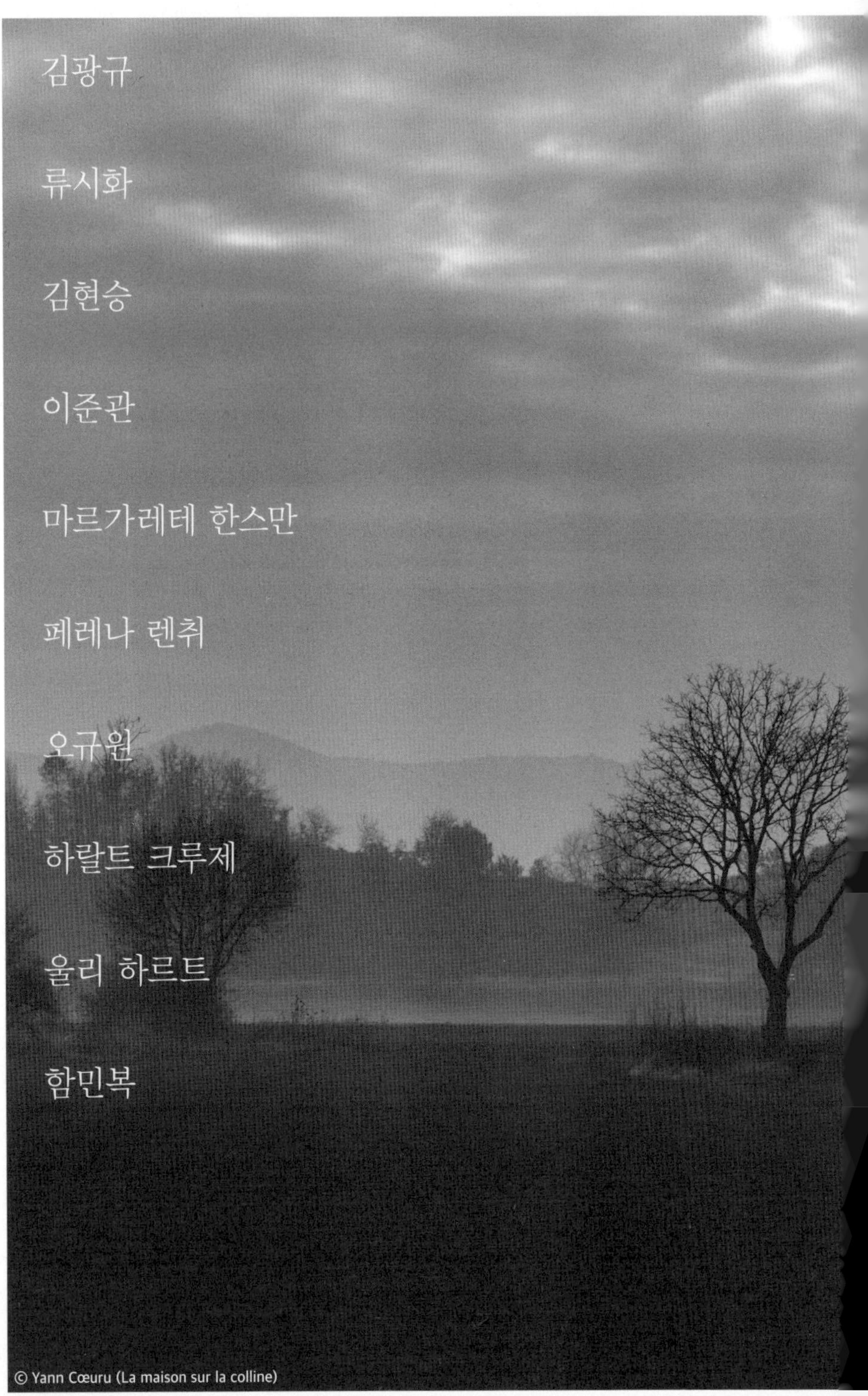

김광규

류시화

김현승

이준관

마르가레테 한스만

페레나 렌취

오규원

하랄트 크루제

울리 하르트

함민복

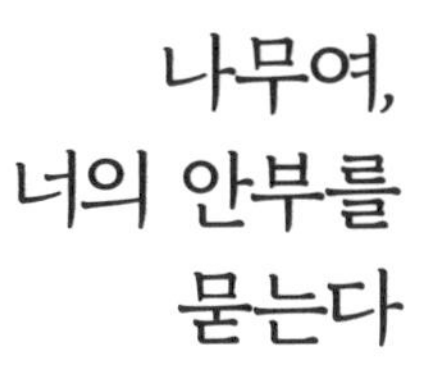

제6장

나무여, 너의 안부를 묻는다

멸망의 임계점을 향해
점점 빠르게 치닫고 있는 인류

나무는 인간과 더불어 살아가면서 인간에게 이루 말할 수 없는 도움을 주고 있는, 인간의 조력자이며 동반자다. 인간은 나무 없이는 문명을 지탱할 수 없다. 인간은 나무를 기반으로 삼아 문명을 발전시켜왔기 때문이다. 나무와 인간이 서로 도움을 주고 받는 '상호의존'의 관계가 인류사회를 발전시키는 동력으로 작용해 왔다는 사실을 어느 누가 부인할 수 있는가? 그러나 18세기 산업혁명이 시작된 이후에 인간은 나무의 생명력을 과도하게 착취해 왔다.

일본의 애니메이션 거장 미야자키 하야오 감독의 〈센과 치히로의 행방불명〉에 등장하는 '가오나시'를 기억하는가? 모든 것을 게걸스럽게 먹어치우는 괴물 가오나시처럼 인류는 황금과 자본의 성을 쌓아 올리기 위해 나무를 베어내고 태우고 가루로 만들기에 혈안이 되었다. 인류는 나무를 보살피는 인간다운 도움의 손길을 외면하고 말았다. 그 결과 인류는 지금 어떤 시대에 살고 있는가? 유구히 흘러온 문명의 역사 1만 년 중 한토막에 불과한 200여 년 사이에 생태 위기와 기후 변화의 잿빛 구름이 지구촌의 지붕을 이루지 않았는가? 북극과 남극의 빙하가 녹는 속도가 증명하듯 인류는 멸망의 임계점을 향해 점점 빠르게 치닫고 있다. 블랙홀 속으로 빨려들어가는 지구의 모습을 보는 것 같다.

인류는 나무를 수단으로 남용하고 나무를 물건으로 취급했던 대가를 톡톡히 치르고 있다. 그렇다면 기후 변화와 생태 위기의 장벽 저 저머로 나아갈 수 있는 탈출의 해법 또한 나무에게서 찾아야 하지 않는가? 종말의 임계점으로부터 벗어날 탈출구를 인류에게 열어줄 해법은 나무와 인간의 상호관계를 회복하는 것이라고 작가들은 한 목소리로 말한다. 김광규의 시 〈청단풍 한 그루〉를 만나보자.

> 물 한번 주지 않았다
> 타이어 고무줄로 뿌리를 칭칭
> 동여맨 채 바싹 말라버린
> 어린 나무 한 그루

신축 건물 외벽과 시멘트 블록 담 사이
마른 땅에 되는 대로 꽂아놓고
준공 검사 끝나자마자
시공업자는 서둘러 철수했다
그리고 긴 가뭄
비 한 번 오지 않았다
봄이 되어도 꽃 필 줄 몰라
죽은 줄 알았다
목숨의 흔적도 찾을 수 없이
4월이 가고
초여름
어느 날 갑자기
쌀알처럼 작은 꽃과 연녹색 잎
한꺼번에 돋아났다
강인하구나
좁은 땅에 한갓 나무로 태어났어도
광야의 꿈 키우며
제 몫의 삶을 지켜가는
청 단풍 한 그루

- 김광규의 〈청 단풍 한 그루〉[1)]

이 시의 공간적 배경은 공사장이다. 눈에 띄는 사물은 "타이어 고무줄", "외벽", "시멘트 블록" 등 생명 없는 물건뿐이다. 공사장은 숨결 없는 물질들의 집합소다. 이렇게 삭막한 "광야" 한 복판에서도 "꿈을 키우는" 외톨이가 있다. 바로 "청 단풍 한 그루"다. "쌀알처럼 작은 꽃"을 피우기 때문에 하찮은 사물로 취급당해온 생명체다. 사람들의 눈에도 좀처럼 띄지 않는 "어린 나무"다. 그러나 시인은 죽음의 땅을 뚫고 "한꺼번에 돋아" 나오는 강인한 생명의 용솟음을 정신의 현미경으로 확대하여 우리에게 보여준다. 작고 사소한 사물이었던 청 단풍 한 그루가 시인과 독자의 내면세계 안에서 아주 크고 중요한 존재로 탈바꿈한다. 우리의 내면세계 안에서 일어나는 패러다임의 변화는 어린 나무에게 갱생의 힘을 실어 준다. 마침내 나무는 사람과 동등한 수평관계를 이루면서 "제 몫의 삶"을 살아내는 당당한 존재로 다시 태어났다. 나무의 존재 층위層位를 사람과 동등한 위치로 복귀시키는 힘은 나무를 향한 사랑에서 우러나온다. 그 힘을 시인 류시화의 작품에서 느껴 보자.

> 나는 정원에 길게 누워 있었다
> 내 머리카락은 쥐똥나무의 뿌리가 되고
> 손톱은 어느새 딱정벌레의 등짝이 되었다

내 눈동자는 새들이 와서 갈증을 채우는 물웅덩이
그곳에 구름이 비치고
코는 달팽이의 집, 그 뿔이 나를 간지럽힌다.

흙이 축축해 나는 돌아눕는다
거미들이 내 엄지발가락과 무릎 사이에 집을 짓고

그곳에서 나는 잠이 들었다
그리고 꿈 속에서 또 꿈을 꾸었다
그러는 사이 나비 한 마리 내 흙 묻은 젖꼭지에 날아와 앉아
홀로 사색에 잠기고

내 발꿈치에는 돌 하나가 태어난다
내 심장은 나무의 수액樹液 속에서 뛰고
혈관은 지렁이들의 통로
귀는 귀뚜라미의 동굴
이 곳에서 나는 더 이상 이방인이 아니다
추위는 더 이상 없으리라 설령
모든 것이 얼어붙는다 해도

- 류시화의 〈어느 자연주의자의 시〉 [2)]

© Chris Combe (B&W Buchaille #2)

"만물은 서로 돕는다"고 주장했던 크로포트킨의 사상을 연상시키는 시인 류시화의 시 세계. 그는 하늘 아래 살고 있는 모든 생물이 생태계 안에서 서로 생명의 자양분을 주고 받고 있음을 인식하였다. 아무리 작은 생물일지라도 사람의 생명과 유기적 연관성을 지닌 소중한 존재라는 확신 속에서 류시화 시인의 상상은 생태의식과 연합하고 있다. 그가 말하는 "자연주의"는 서구 문예사조들 중의 하나인 자연주의를 의미하지 않는다. 19세기 후반 '사실주의'의 전개 과정 속에서 생겨난 자연주의는 사실과 현상을 사진 찍듯이 정확하게 재현함으로써 사물의 모습을 있는 그대로 보여주는 문학의 경향이다. '다위니즘'과 '실증주의' 등 자연과학적 세계관이 낳은 문학이라고 할 수 있다. 그러나 시인이 추구하는 자연주의는 노자의 사상과 비슷한 자연철학을 의미한다. '무위자연無爲自然'의 상태에서 자연과 사람이 한 몸을 이루는 물아일체物我一體의 경지를 추구하는 사상인 것이다. 그러므로 류시화의 시 〈어느 자연주의자의 시〉에서는 시적 화자와 자연 사이의 경계가 없다.

"나"는 자연의 일부분이요, 자연은 나의 안에서 살아 꿈틀거린다. "나"의 정신은 보이지 않는 자연의 움직임이요, 자연은 바깥으로 드러난 정신의 움직임이다. 나는 뱀처럼 뜨락에 "길게 누워" 있다. 어느새 나의 몸은 만물의 집이 되었다. "내 머리카락"

은 우거진 수풀처럼 "쥐똥나무의 뿌리"가 되었다. 나의 "손톱"은 오랜 세월 동안 들판에서 강인한 바람과 함께 뛰놀다 보니 풀무불 속에 들어갔다 나온 쇠토막처럼 단단해져서 "딱정벌레"의 몸을 보호해주는 "등짝"이 되었다. 나의 "눈동자" 속에는 언제나 순수한 빗물이 고여 있어서 하늘의 거울처럼 "구름이 비친다". 나의 "코" 속에서는 언제나 깨끗한 숨결이 흘러나오기에 "달팽이들"은 나의 코를 집으로 삼아 둥그런 "뿔"로 나의 숨결을 간지럽힌다. 이때 "땅"은 나의 등을 받아줄 요가 되고 가지에서 떨어지는 나뭇잎들은 나의 몸을 덮어줄 이불이 된다.

어릴 적부터 꽃잎의 향기를 모유처럼 마시며 살다 보니 어느덧 어른이 되어 나의 "젖꼭지"에서도 꽃잎의 향기가 흘러나와 "나비"를 행복한 착각 속에 빠뜨린다. 나비의 눈엔 나의 젖꼭지가 꽃잎처럼 황홀해 보인다. 에덴 동산에서 아담과 하와는 이방인이 아니었듯이 나도 이 자연의 "정원"에서 "더 이상 이방인이 아니다". "나무"도, "지렁이"도, "귀뚜라미"도 더 이상 나의 바깥에 존재하는 낯선 대상이 아니다. 나무의 순결한 "수액"에서 흘러나오는 맑은 공기가 만물과 나의 몸속으로 스며들어 우리 모두의 깨끗한 숨결이 되기 때문이다.

나무의 수액樹液으로 빚어진 공기는 "내 심장"을 움직이는 모태 역할을 한다. 공기는 나의 몸 속을 드나들며 만물의 혈관 속에 스며들어 녹색의 혈액으로 물결친다. 나무의 수액은 만물의 생태적 상호작용을 유기체적 순환 시스템으로 확장시킨다. 이 시스템 안에서 자연과 인간의 생명은 인체의 혈관처럼 견고히 이어져 있다. 류시화의 작품은 생명의 연결고리를 촬영하는 미학적 카메라로 작용한다. 그 생명선生命線의 언어적 사진을 김현승의 시 〈나무〉에서 인화印畫해보자.

하느님이 지으신 자연 가운데
우리 사람에게 가장 가까운 것은
나무이다.
그 모양이 우리를 꼭 닮았다.
참나무는 튼튼한 어른들과 같고
앵두나무의 키와 빨간 뺨은
少年들과 같다.

우리가 저물녘에 들에 나아가 종소리를
들으며 긴 그림자를 늘이면
나무들도 우리 옆에 서서 그 긴 그림자를
늘인다.

우리가 때때로 멀고 팍팍한 길을
걸어가면
나무들도 그 먼 길을 말없이 따라오지만,

우리와 같이 위으로 위으로
머리를 두르는 것은
나무들도 언제부터인가 푸른 하늘을
사랑하기 때문일까?

가을이 되어 내가 팔을 벌려
나의 지난 날을 기도로 뉘우치면,
나무들도 저들의 빈 손과 팔을 벌려
추운 바람만 찬 서리를 받는다, 받는다.

- 김현승의 〈나무〉[3]

시인 김현승은 나무를 사람의 "가장 가까운" 근친으로 맞아들인다. 나무를 향한 시인의 사랑이 나무와 사람의 동반자적 파트너십을 강화시키는 정신적 에너지로 작용한다. "하느님이 지으신 자연 가운데 우리 사람에게 가장 가까운 것은 나무"라는 고백은 사람과 나무가 신성神性에 의해 창조된 피조물임을 나타낸다. 시인은 나무를 생명 없는 사물로 보지 않는다. 그가 인정하는 나무는 하느님에게서 생명을 부여받은 독립적 존재다. 나무는 독립적 존재이지만 사람의 사회 바깥에 동떨어져 있는 이질적 대상이 아니다. 나무는 사람과 함께 생명공동체를 가꾸어 가는 사람의 동반자다. 김현승 시인은 자신의 기독교 신앙을 바탕으로 하여 나무를 형제처럼 받아들이고 있다.

나무의 생명을 소중히 여기는 김현승의 생명의식은 나무에 대한 그의 공생共生의식을 동반자적 파트너십으로 발전시킨다. 제2연에서 "참나무는 튼튼한 어른들과 같고 앵두나무의 큰 키와 빨간 뺨은 소년들과 같다"고 공생의 동질감을 예찬하던 시인. 그러나 여기에 그치지 않는다. 나무와 교감을 나누는 시인의 '관계의식'은 나무의 줄기처럼 점점 더 부드러운 상승의 곡선을 그려낸다. 5연에서 나무의 존재근원과 사람의 존재근원이 동일한 하느님임을 고백하는 시인의 읊조림에 귀를 열어보자.

우리와 같이 위으로 위으로
머리를 두르는 것은
나무들도 언제부터인가
푸른 하늘을 사랑하기 때문일까?

나무가 보여주는 뿌리에서 줄기로의 '솟아오름'은 생명의 성장을 은유하면서도 나무를 귀하게 여기는 시인의 생명의식이 발전하는 과정을 상징한다. 나뭇가지에 맺히는 열매처럼 사람과 나무의 동행길이 지향하는 상호관계의 정점頂點이 보인다. 이웃이자 동료인 나무가 어느새 사람의 가족이자 친족으로 더욱 가까이 다가온다. 중세의 성자 프란체스코가 앗시시 마을을 산책하다가 만나는 모든 피조물을 거리낌 없이 '형제'라고 불렀듯이 시인 김현승도 나무를 하느님의 자녀로 받아들이는 생명적 근친의식을 형상화하였다. 펌프 밑에 잠들어 있던 물을 끌어올리는 마중물처럼 나무를 향한 시인의 사랑은 나무와 사람의 '사이'를 생태적 상호관계의 정점으로 상승시킨다.

떡갈나무 숲을 걷는다. 떡갈나무잎은 떨어져
너구리나 오소리의 따뜻한 털이 되었다. 아니면,
쐐기집이거나, 지난 여름 풀 아래 자지러지게
울어대던 벌레들의 알의 집이 되었다.

이 숲에 그득했던 풍뎅이들의 혼례婚禮,
그 눈부신 날개짓소리 들릴 듯 한데,
텃새만 남아

산 아래 콩밭에 뿌려 둔 노래를 쪼아
아름다운 목청 밑에 갈무리한다.

나는 떡갈나무잎에서 노루 발자국을 찾아본다.
그러나 벌써 노루는 더 깊은 골짜기를 찾아,
겨울에도 얼지 않는 파릇한 산울림이 떠내려 오는
골짜기를 찾아 떠나갔다.

나무 등걸에 앉아 하늘을 본다. 하늘이 깊이 숨을 들이켜
나를 들이마신다. 나는 가볍게, 오늘 밤엔
이 떡갈나무숲을 온통 차지해 버리는 별이 될 것 같다.

떡갈나무숲에 남아 있는 열매 하나.
어느 산짐승이 혀로 핥아 보다가, 뒤에 오는
제 새끼를 위해 남겨 놓았을까? 그 순한 산짐승의
젖꼭지처럼 까맣다.

나는 떡갈나무에게 외롭다고 쓸쓸하다고
중얼거린다.
그러자 떡갈나무는 슬픔으로 부은 내 발등에

잎을 떨군다. 내 마지막 손이야. 뺨에 대 봐,

조금 따뜻해질 거야, 잎을 떨군다.

- 이준관의 〈가을 떡갈나무숲〉[4]

시인은 맘몬이 지배하는 세상으로부터 큰 상처를 입고 "떡갈나무숲"에 와서 위로를 얻는다. 그는 물질만능의 시대에 저항하여 '정신'과 '생명'의 가치를 옹호해왔다. 예나 지금이나 물질보다 정신을 우위에 두는 사람은 외로울 수밖에 없다. 외로움보다 더 큰 상처가 어디 있을까? 수많은 사람이 과학기술의 소용돌이에 휩쓸려 자본의 바벨탑을 향하여 100m 경주 선수처럼 질주하고 있다. 시인은 그 질주의 대열로부터 이탈을 선언한다. 메두사를 바라보는 순간 돌이 되듯이, 현대인들의 정신은 물신物神의 황금빛에 사로잡혀 상품과 물건으로 변해가고 있다. 이러한 안타까운 현상을 시인 이승하는 그의 시 〈생명에서 물건으로〉에서 비판하지 않았는가? 대중과의 내면적 소통이 어렵기 때문에 시인은 외로울 수밖에 없다. 시인은 외로움을 안고 떡갈나무숲으로 들어간다. 나무의 메마른 가지에서 떨어지는 마지막 "잎"은 나무의 "마지막 손"이 되어 시인의 외로움을 어루만져 준다. 시인은 한 그루 떡갈나무의 손길을 통해 상처를 치유받는다.

생태주의 관점으로 시인과 나무를 바라보자. 나무와 시인은 각각 독립적이고 고유한 존재다. 시인은 나무보다 우위에 있지 않고 나무는 시인보다 열등한 존재가 아니다. 양자의 관계는 수직적 관계가 아니다. 지배와 예속의 관계가 아니라 동등한 수평관계를 이루고 있다. 시인은 나무를 지배하지 않고 나무도 시인에게 예속되지 않는다. 그러나 독립적으로 존재한다고 해서 시인과 나무가 동떨어져 있는 것은 아니다. 나무와 시인은 "숲"이라는 생명공동체 안에서 호흡을 주고 받으며 가족이 되고 있다. 나무는 시인에게 마지막 위로의 손길을 내밀고 시인은 나무를 자기의 분신처럼 아끼는 사랑의 손길로 화답한다. 양자는 보이지 않는 생명의 핏줄로 이어져 동등한 파트너로서 살아간다. 이준관이 노래한 "숲"은 자연과 사람의 상생이 이루어지는 에코토피아Ecotopia의 상징이다. 도시와 자연 사이의 괴리를 극복하고 자연과 사람의 상생 및 문명과 자연의 공생이 이루어지는 현대적 에코토피아를 구현하는 것이 모든 시인의 꿈이자 인류의 과제가 아니겠는가? 어머니의 품속처럼 포근하게 도시를 안아주는 "숲" 속에서 사람과 나무가 다정한 남매처럼 서로 도우며 살아가는…… .

그러나 언제부턴가 사람은 나무의 숨통을 가차 없이 끊어버리고 상생의 주거지로부터 나무를 주저 없이 추방하는 '나무 말

살의 시대'를 열었다. 나무들을 집단적으로 살해하는 것은 인류의 당연한 문화가 되고 말았다. 독일 시인 마르가레테 한스만은 인류의 일상생활로 굳어진 나무에 대한 학살행위를 다음과 같이 비판한다.

살점을 파고드는 도로에
소리 없이 부서지는
나무들

숨통을 끊는 것이 이토록 간단할 줄이야!

- 마르가레테 한스만의 〈도로공사*Straßenbau*〉[5)]

한국 시인 이준관이 떡갈나무를 삶의 동반자로 받아들인 것처럼 독일 시인 마르가레테 한스만도 "나무"를 자신의 이웃으로 받아들인다. 그러나 이웃과 같은 나무는 시인의 눈 앞에서 살해당하고 있다. 사람이 칼에 찔리거나 둔기로 얻어맞을 때 비명을 지르듯이 전기톱으로 가지가 끊어지는 나무는 팔이 잘린 사람처럼 비명을 토해낼 것이다. 사람의 귀에 나무의 신음 소리가 들리지 않을 뿐이다. "살점을 파고드는" 아스팔트의 폭력에 뿌리

떡갈나무는 넉넉하고 평온한 그늘로 사람의 지친 몸을 감싸 안는다.

가 잘린 채 "도로"에 내버려진 나무의 몸은 물건이 아니라 주검이다. 고성능의 전기톱으로 나무의 뿌리를 신속히 잘라내는 것은 아주 "간단한" 일이다. 그러나 생명을 빼앗기는 자의 고통은 사람의 시계로 측정할 수 없는 시간의 길이를 갖는다. 피해자가 겪는 고통은 단 1초를 3600마디로 분할하고도 남는 시간의 파장波長을 늘인다. "나무들"은 사람의 욕망과 폭력에 의해 소중한 생명을 유린당한 피해자다. 콧노래를 흥얼거리며 그들의 "숨통을 끊은" 자는 누구인가?

스위스 시인 페레나 렌취도 마르가레테 한스만의 비판에 힘을 실어준다. 렌취는 나무에 대한 대량학살 행위를 즉각 중단할 것을 인류에게 촉구하고 있다.

그토록 황급히 쥐도 새도 모르게
나무의 목숨을 앗아가다니
도대체 나무는 당신들의 적이란 말입니까?
새들은 낯설게 변해버린
그들의 터전에서
어쩔 줄 몰라 이리 저리 맴돌고 있습니다.
새들에게도 돌아갈 고향이 있다는 것을
당신들은 몰랐단 말입니까?
이제 그들이 마음을 놓을만한
안식처를 아무리 찾아보아도
소용없게 된 것을 당신들은 몰랐단 말입니까?
당신들은 여왕벌의 명줄을 끊어 놓았고
나무의 땅을 황폐하게 만들었지요.
당신들의 메마른 마음이
경솔한 생각을 키운 것입니다.
지금 이 순간부터

한 그루 나무를

사람처럼 받들지 않는다면

사막같은 땅에서

우리는 돌처럼 굳어갈 것입니다.

— 페레나 렌취의 〈나무는 당신들의 적이란 말입니까? *Ist denn ein Baum euer Feind?*〉[6]

나무와 새들과 사람 사이의 생태적 관계가 미래 사회의 문을 여는 열쇠임을 일깨워주는 중요한 작품이다. 페레나 렌취는 "황급히 쥐도 새도 모르게 나무의 목숨을 앗아가는" 현대인들의 야만적 범죄가 관습으로 굳어져 왔다는 사실을 부각시킨다. 시인이 바라보는 나무는 새들의 "터전"이자 "고향"이다. 나무는 사람의 폐부 속에 맑은 공기를 불어넣어주는 숨결의 원천이다. 나무는 사람의 주거 생활에 필요한 식탁의 몸이자 의자의 뼈骨이기도 하다. 나무는 책과 노트의 종이를 선사함으로써 사람의 문명과 문화를 가능케 하는 조력자助力者다. 모든 시인은 나무의 살결 위에 시를 쓰고 있지 않는가? 그러나 현대인들은 나무가 안겨주는 혜택을 쉽사리 잊어버리는 까닭에 "나무의 목숨"을 아무렇지도 않게 "앗아가고" 있다. 이보다 더 위험한 망각은 무엇일까? 나무는 새들과 사람을 만나게 해주는 '생명의 미디어media'라는 사실을 까맣게 잊고 살아가는 것이다. 나무가 없는 세상은 새들과 사람의 관계를 단절시킨다. 사람의 마을에 나무가 없다면 "우리"의 미래는 "사막 같은 땅에서 돌처럼 굳어가는" 일밖에는 남지 않을 것이다. 미래 사회의 안전망을 튼실하게 만드는 길은 생태계의 중추 역할을 맡은 나무를 "사람처럼 받드는" 일이다.

나무의 몸은 사람과 마찬가지로 유기체다. 나무는 만물에게 맑은 산소를 공급함으로써 만물의 생명을 움직이는 유기적 순환구조의 중심이다. 이렇게 분명한 자연법칙의 팩트를 인정하고 존중할 때에 나무를 사람처럼 귀한 존재로 받드는 길이 열릴 것이다. 모든 생물에게 숨결을 불어넣는 나무의 초록색 파이프라인이 사람의 핏줄만큼이나 소중하다는 것을 오규원의 시에서 느껴보자.

뿌리에서 나뭇잎까지
밤낮없이 물을
공급하는
나무
나무 속의
작고작은
식수 공급차들

뿌리 끝에서 지하수를 퍼 올려

물탱크 가득 채우고

뿌리로 줄기로

마지막 잎까지

꼬리를 물고 달리고 있는

나무 속의

그 작고작은

식수 공급차들

그 작은 차 한 대의

물탱크 속에는

몇 방울의 물

몇 방울의 물이

실려 있을까

실려서 출렁거리며

가고 있을까

그 작은 식수 공급차를

기다리며

가지와 잎들이 들고 있는

물통은 또 얼마만 할까

- 오규원의 〈나무 속의 자동차〉[7]

나무가 갖고 있는 다양한 역할과 존재의미를 애니메이션처럼 명쾌하게 보여주는 작품이다. 나무의 역할과 존재의미란 무엇일까? 나무는 살아 있는 몸이다. 나무는 끊임없이 활동하는 유기체다. 나무는 지구를 숨쉬게 만드는 녹색의 허파이며 생태계의 생명 파이프라인이다. 그 파이프라인의 내부를 들여다보자.

"뿌리에서 나뭇잎까지" 핏줄처럼 생명의 길이 열린다. 그 녹색의 도로道路를 따라 혈액과 같은 수액樹液을 "공급"해 주는 "식수 자동차들"이 있다. 나무의 세포들이다. 그들은 "가지" 마을과 "잎" 동네에 "물"을 실어 나른다. 육안으로는 볼 수 없는 나무의 세포들이 비밀스런 역할을 시인에게 들키고 있다. 사랑의 카메라처럼 밝은 시인의 눈빛에 그들은 "작은" 식수 트럭의 임무를 촬영당하고 있다. 식수 자동차의 "물탱크" 속에는 나무의 혈액인 수액이 "가득 차" 있다. 싱싱한 열매를 신생아처럼 키워낼 양수羊水 같은 수액들이 식수 트럭의 물탱크 속에서 "출렁거리고" 있다.

물을 공급받은 가지 마을과 잎 동네는 지상에서 가장 깨끗한 공장으로 변하여 식수를 가공한다. 식수를 원재료로 삼아 모든 생물에게 공급할 무형無形의 제품을 만들어낸다. 마을 어귀를 닮은 가지 끝의 공장으로부터 생태계 전체를 향해 유통되는 천연天然 제품이여! 생명을 가진 모든 생물의 생필품, 산소여! 만물에게 무상으로 제공되는 가장 행복한 재화는 바로 '산소'가 아닌가? 나무의 세포들이 수액을 실어나르는 식수 공급차의 역할을 충실히 감당한 데 이어 마침내 "가지" 마을의 공장에서 생산된 천연 재화인 산소가 숨결을 운반한다. 사람의 숨통 속에 숨결을 전달하는 '숨결 공급차'여! 산소라는 이름을 가진 이 '숨결 트럭'의 운송 본부는 나무다.

러시아의 표트르 알렉세예비치 크로포트킨은 생태계를 움직이는 가장 중요한 자연법칙을 만물의 "상호부조"로 보았다. 대우주大宇宙뿐만 아니라 "나무"라는 소우주小宇宙 안에서도 뿌리, 줄기, 가지, 잎, 물이 서로 돕는 상호부조의 시스템이 작용한다. 크게는 생태계, 작게는 사람의 몸과 같은 유기체적 시스템을 녹색의 언어로 형상화한 시적詩的 마이크로코스모스가 오규원의 시작품 〈나무 속의 자동차〉다.

그러나 우리가 기후 변화의 시대에 직면한 것은 사람의 마을에서 '숨결 공급차'들이 점점 더 빠른 속도로 사라진다는 또 하나의 팩트를 일깨워 준다. 지구 온난화의 속도를 완화시키려는 자구책의 일환으로 조림造林 사업을 정책적으로 밀어붙인다 해도 자본의 바벨탑을 더 높이 쌓으려는 기업들의 과열된 개발 경쟁을 이겨내지 못한다. 새롭게 조성되는 숲보다는 시멘트 속에 묻혀 버리는 숲의 수가 훨씬 더 많다. 페레나 렌취의 예견처럼 어느 날 우리는 사막으로 변해버린 땅에서 돌처럼 굳어갈 것인가?

독일 작가 하랄트 크루제Harald Kruse는 나무들과 새들이 동반으로 사람의 마을을 떠나갈 때 '지구의 사막화'가 도래할 것임을 암시한다.

> 딱따구리들
> 전신주電信柱를
> 딱딱
> 쪼아댄다면
> 도대체
> 세상은 어떻게 될까요?

- 하랄트 크루제의 〈도시화 *Verstädterung*〉[8)]

작가는 같은 동네에서 주민처럼 살아온 "딱따구리"를 새들의 대표로 내세운다. 나무가 살아 있기 때문에 사람과 딱따구리의

나무를 쪼아대는 딱따구리. 나무들이 사람의 마을에서 사라져 가면 딱따구리와 사람의 만남도 단절된다.

만남이 이루어진다. 나무를 매개로 하여 사람과 딱따구리의 정서적 교감이 형성된다. 그러나 나무가 사람의 마을에서 사라진다면 딱따구리를 볼 수 없다. 나무가 사람의 곁을 떠나간다면 녹색의 그늘에서 책을 읽을 수도 없다. 어머니의 품에서 아이를 떼어놓듯 대지의 품에 안겨있던 나무를 추방해버리고 새롭게 들어선 "전신주"를 보라! 생명 없는 그 물건을 나무로 착각하여 열심히 "쪼아대는" 딱따구리의 모습이 서글프다. 그러나 딱따구리가 진실을 알게 되는 데 그리 많은 시간은 걸리지 않을 것이다. 어제까지 자신의 고향이자 집이 되어 주었던 그 '나무'가 사라졌음을 어렵지 않게 감지하게 될 것이다. 전신주 속에는 나무의 초록빛 수액樹液과 향기가 전혀 흐르지 않는다는 것을 믿게 될 것이다. 하랄트 크루제의 시집 제목 '지렁이들의 반란'처럼 이제는 딱따구리를 비롯한 새들이 사람에게 등을 돌리는 조류鳥類의 반란을 예견할 수 있는 시대다. 한국 시인 이문재가 탄식했던 "하늘로 쏘아올린" 욕망의 "화살"들과 "바다로 흘려보낸" 욕망의 배설물들이 사람의 마을로 귀환하는 상황은 새들이 사람의 마을을 떠나가는 상황과 일치하고 있다. 하랄트 크루제의 시 〈도시화〉는 간결한 또 하나의 묵시록이다.

작가가 살고 있는 동네를 동서남북 사방에서 포근하게 감싸 안았던 유년 시절의 숲이여! 칠흑처럼 짙푸른 나무들의 체취를 그리워하는 울리 하르트의 노래를 들어보자.

처음엔 나무들이
눈앞을 가로막아
숲을 볼 수 없었습니다.
나중엔 모든 나무들이 뿌리째 뽑히는 바람에

더 이상 숲을 보지 못했습니다
지금 콘크리트를 밟는 사람은 똑똑히 보고 있습니다
이 곳에 풀이 자라나는 소리가
더 이상 들려오지 않는 것을

- 울리 하르트의 〈눈 앞의 풍경*Sichtung*〉[9]

"나무들이 눈앞을 가로막아 숲을 볼 수 없었습니다." 행복했던 시절을 그리워하는 시인의 고백이다. 나무를 인생길의 반려자로 받아들인 한국 시인 김현승처럼 독일 시인 울리 하르트도 나무들을 한동네에서 생명의 호흡을 함께 주고 받는 '녹색의 이웃'으로 맞이하였다. 시인이 바위 의자 위에 앉아 책을 읽고 있을 때에 쏟아지는 뙤약볕을 막아주는 듬직한 양산이 있었다. 나무들이었다. 〈시편 23편〉[10]의 목가적牧歌的 풍경과 같이 '푸른 풀밭'과 '쉴만한 물가'에서 마을 사람들이 소풍을 즐길 때에 그들의 행복을 감싸주는 순수한 병풍이 있었다. 나무들이었다. 나무의 살갗에서 흘러나오는 맑은 공기는 마을 사람들의 가슴에 스며들어 그들의 들숨이 되고 날숨이 되었다. 시인의 그리움이 말해주듯 나무들의 품속에 안기어 살아가던 시절에는 "숲"속에 살면서도 숲의 고마움을 느낄 수 없었다. 왜 그랬을까? 김현승

시인이 "참나무는 튼튼한 어른들과 같고 앵두나무의 큰 키와 빨간 뺨은 소년들과 같다"고 고백한 것처럼 같은 마을에서 수많은 나무들과 함께 어울려 한 그루 나무처럼 살아가는 것이 당연한 일상생활이었기 때문이다.

그러나 도시개발과 건설사업으로 인해 나무들이 사람의 마을을 떠나간 "지금", 시인은 실향민처럼 숲을 잃어버린 상실감에 가슴 아파한다. "풀이 자라나는 소리가 더 이상 들려오지 않는 콘크리트" 위에 이방인처럼 서 있는 시인이여! 잃어버린 친구의 자취를 수소문하는 에트랑제[11]의 방랑길을 떠나야만 하는가? 한국 시인 함민복은 울리 하르트처럼 애끓는 심정으로 나무들에게 안부를 묻고 있다.

나무를 기억한다, 사람들 가슴에 늘 푸른 붓이 되던
나무를 사랑한다, 어디서 보나 등은 없고 가슴만 가진
나무를 추억한다, 바람 불 때마다 여린 식물의 뿌리를 잡아주던
나무를 애도한다, 꿈의 하늘을 향해 서서히 솟아오르던 녹색분수

나무가 산다 사람들 마을에 사람들처럼

줄을 맞추고 그 길 그 공원의 격조에 맞춰
나무가 산다 아황산가스가 질주하는, 콱콱, 나무가 산다

기름진 시멘트 산에 잡초처럼 나무가 산다 성장력 왕성한
시멘트국에 볼모로 잡혀온 자연국의 사신처럼 나무가 산다
시멘트가 더러 나무로 푸른 문신을 새긴다 시멘트가
나무 반지 나무 목걸이를 하고 뽐낸다 시멘트가 나무를 다스
린다

가로수 혹은 담장, 그 푸른 시멘트의 넥타이
철커덕
가로수 혹은 담장, 시멘트가 자신의 목을 처단하는 푸른 오
랏줄
지구의 사지가 뻣뻣이 굳어진다

- 함민복의 〈지구의 근황〉[12]

나무는 "지구"라는 몸의 살점이자 세포임을 피부로 느끼게 해 주는 작품이다. 나무는 타고난 화가다. 나무는 가지의 "푸른 붓"을 들어 사람들이 지닌 "가슴"의 캔버스마다 푸른 숨결의 멜로

Chris Combe (Castle and tree)

디를 채색한다. 함민복 시인의 말처럼 나무는 "등은 없고 가슴만 가졌나" 보다. 그 누구에게도 등을 돌릴 줄 모르고 푸른 가슴으로 넉넉히 품을 줄만 아는, 타고난 모성의 모범이다. 거센 "바람"에 위태로이 쓰러지는 "여린 식물"의 양부養父가 되어 그의 "뿌리를 잡아 주던" 약한 이의 보호자여. 나무여. 흔들리는 잎새들을 춤추는 음표로 바꾸어 하늘의 오선지에 물방울의 점묘처럼 그려 넣던 푸른 "분수"여.

나무는 사람과 함께 마을에서 살아가는, 사람에게 가장 가까운 이웃이다. "공원"은 나무들의 다세대 주택이다. 이곳에 거주하는 주민들은 나무들인 까닭에 공원은 자연과 문명이 공존하는 생활공간이다. 그러나 자본의 팽창과 생산의 "성장"이라는 목표를 향해서만 "질주"하는 메커니즘의 배기구에서 폭풍처럼 휘몰아치는 "아황산가스"의 홍수는 '나무 주민'들을 질식시킨다. "시멘트국"의 왕성한 성장력에 눌려 한순간에 뽑혀나갈 "잡초"처럼 무리지어 살고 있는 나무는 예전엔 잡초만큼이나 성장력이 왕성했었지만 지금은 자신들의 안위를 염려할 때다. 시멘트국의 위상을 뽐내기 위한 장식용으로 살아가는 나무는 시멘트국의 국익國益을 위해서라면 언제든지 희생될 수 있는 "자연국" 출신의 "볼모"다. 다른 나라의 "사신"을 볼모로 잡고 있다는 것을 대외에 알릴 때 국가의 위상을 과시할 수 있는 것처럼 시멘트국은 자신의 소유물이 된 "나무"로써 자신의 삭막한 외모를 치장한다. "시멘트가 더러 나무로 푸른 문신을 새긴다 시멘트가 나무 반지 나무 목걸이를 하고 뽐낸다"는 고발에서 드러나듯 사람의 이웃이자 동료였던 나무는 어느새 시멘트국의 외모를 디자인하는 장식물 신세로 전락하였다.

"시멘트가 나무를 다스린다"는 말이 시사하듯 시멘트국을 건설한 사람들과 나무들 사이의 수직적 위계질서를 보게 된다. 위르겐 하버마스Jürgen Habermas의 비판처럼 사람들에게 종속된 나무들의 "식민구조"가 슬프다. 생산, 개발, 성장을 위해서라면 주저없이 나무를 "처단"하는 사람들은 그것이 "자신의 목"을 자르는 자기모순의 극치임을 모르고 있다. 나무를 살해하는 것은 지구의 살점을 도려내고 지구의 세포를 녹슬게 하는 범죄다. 나무를 처단하는 것은 "지구의 사지"를 마비시키고 대재앙의 "근황"을 앞당기는 자살행위다. 소돔과 고모라[13]의 시민들처럼 탐욕의 볼모가 된 시멘트국의 사람들이여. 나무의 안부를 잊은 지 오래된, 그대들의 근황에 '생태 위기'라는 빨간불이 켜졌는가?

부록

기후 변화와 생태 위기를 경고하는 세계의 작가들

한스 마그누스 엔첸스베르거

1929년 독일의 카우프보이렌Kaufbeuren에서 출생한 시인 한스 마그누스 엔첸스베르거Hans Magnus Enzensberger. 그는 통독統獨 이전의 서독 문단에서 대표적 저항시인으로 활동하였다. 시를 비롯해 에세이, 다큐멘타리, 번역, 평론 등 그의 글쓰기 행위는 문학의 전 분야로 확대되었다. 엔첸스베르거의 대표적 시집으로는 《양떼에 대한 늑대들의 변명》, 《나, 대통령과 비버》, 《타이타닉 호의 침몰》 등이 있다.

신경림

1936년 충청북도 충주에서 출생한 시인 신경림. 그는 1956년 《문학예술》지에 시 〈갈대〉가 추천되어 등단했다. 1971년 《창작과 비평》 가을호에 시 〈농무農舞〉외 여러 편의 시를 발표하여 한국 문단의 주목을 받기 시작했다. 철저한 역사의식과 현실인식에 정신적 토대를 두고 한민족韓民族의 한恨과 의지를 섬세하게 묘사하였다. 시골의 흙을 삶의 터전으로 삼은 농민들과 서민들의 애환을 가슴 뭉클하게 노래하여 '민중 시인'이라는 이름을 얻었다. 신경림의 대표적 시집으로는 《농무》, 《남한강》, 《새재》, 《어머니와 할머니의 실루엣》, 《신경림 시전집》 등이 있다.

위르겐 베커

1932년 독일 쾰른에서 출생한 시인 위르겐 베커Jürgen Becker. 그는 '누보로망'의 작가로 알려질 정도로 소설 창작에서도 탁월한 능력을 발휘하였다. 기술문명에 대한 비판의식에 바탕을 두고 '생태의식'을 표현해왔던 베커의 언어는 시와 소설 간의 경계를 넘나들며 양쪽 세계를 융합시키는 현대적 경향을 보여주었다. 그는 사람과 자연 간의 관계가 심각하게 분열되고 있다는 사실을 때로는 목격자처럼 증언하기도 하고, 때로는 묵시록의 언어로 경고하기도 했다. 위르겐 베커의 대표적 시집으로는 《눈雪》, 《풍경화의 끝》, 《전쟁 얘기는 꺼내지도 마오》, 《시집 1965~1980》(1981) 등이 있다.

이형기

1933년 경남 진주에서 출생한 시인 이형기. 그는 1949년 《문예》지에 시 〈비오는 날〉이 추천되고 1950년 시 〈코스모스〉, 〈강가에서〉가 추천완료되어 등단하였다. 그의 이름을 대중에게 널리 알린 작품은 시 〈낙화落花〉였다. "가야 할 때가 언제인가를 분명히 알고 가는 이의 뒷모습은 얼마나 아름다운가"라는 시구는 고별사로 자주 인용되기도 했다. 이와 같이 전통적 서정성에 기반을 두었던 그의 시 세계는 1980년대 이후 시대의 흐름에 역행하지 않는 주제의식의 변화를 보여주었다. 기술과 산업의 발전에 따른 물질만능의 비인간화 현상이 '자연'과 '생명'을 어떻게 파괴하는지를 포착하여 폭로하였다. 이형기의 대표적 시집으로는 《적막강산》, 《돌베개의 시》, 《심야의 일기예보》, 《절벽》 등이 있다.

권터 쿠네르트

1929년 독일 베를린에서 출생한 시인 귄터 쿠네르트Günter Kunert. 그는 독일의 분단 이후 동독에 거주하였다. 서독의 시인 한스 마그누스 엔첸스베르거와 함께 분단 체제하에서 동독 문단을 대표하는 저항시인으로 활동했다. 동독의 사회주의 체제를 가차 없이 비판하였다는 점에서도 그의 강렬한 저항정신을 알 수 있다. 1979년 서독으로 망명한 이후에도 시와 소설을 통하여 변함없이 현실비판과 사회개혁의 메시지를 던져주었다. 서구의 자본주의와 동구의 사회주의 체제는 쿠네르트의 시 속에서 똑같이 비판의 대상이 된다. 양쪽 모두 '유토피아'를 지향하면서 사회발전을 추구하였으나 발전의 속도는 빨라져도 그것을 진정한 발전이라고 말할 수는 없다는 것이다. 그의 눈에 비친 서구와 동구의 정치체제는 '생명'의 가치를 물질의 가치에 종속시키는 잘못된 발전의 길을 걸어가고 있었다. 그 '길'은 사람들을 유토피아로 인도하는 지름길이 아니라 몰락의 이정표가 될 수 있다는 것이 쿠네르트의 현실인식이다. 그는 정치가들과 국민들의 사고방식이 물질보다는 '생명'을 우선시하는 사고방식으로 바뀌는 것만이 인류의 몰락을 방지하는 해결책이라고 믿었다. 시집 《유토피아로 가는 길목에서》는 이러한 폭넓은 현실인식과 저항정신을 대변한다. 쿠네르트의 대표적 시집으로는 《일상》, 《혹성에 대한 기억》, 《유토피아로 가는 길목에서》가 있다.

고형렬

1954년 강원도 속초에서 출생한 시인 고형렬. 그는 1979년 《현대문학》으로 등단하였다. 한국의 저열한 정치현실을 비판하면서 민주주의와 민중의 생존권을 실현하려는 사회변혁의 희망을 노래하였다는 측면에서 본다면 고형렬 시인의 시세계는 수많은 민중적 저항시인들의 작품세계와 다르지 않다. 그러나 1970~1980년대의 저항시인들과는 뚜렷이

다른 차별성이 고형렬의 시에서 발견된다. 그의 생태의식이다. 1990년 반전反戰 및 반핵反核 사상을 담아낸 시집《리틀보이》를 상재한 이후 고형렬 시인은 한국의 생태계와 자연환경이 병들어가는 현실을 지속적으로 고발하고 비판하였다. 민중에게 생태계의 현실을 알림으로써 한국 사회의 구조적 문제점을 인식시키고자 했던 것이다. 그는 생태계를 파괴하는 정치적, 경제적, 문화적 원인들을 철저히 해부함으로써 총체적 사회구조의 모순을 개혁하는 것만이 한국의 생태계를 민중의 생활터전으로 회복할 수 있는 해결책임을 시를 통해 호소해왔다. 그의 시집《서울은 안녕한가》는 생태의식과 환경의식을 선명하게 보여주는 생태시집이다. 고형렬의 대표적 시집으로는《서울은 안녕한가》를 비롯하여《리틀보이》,《수박밭》,《해청》등이 있다.

이건청

1942년 경기 이천에서 출생한 시인 이건청. 그는 1967년《한국일보》신춘문예로 등단한 이후 '현대시' 동인회를 중심으로 창작활동을 지속해왔다. 그의 시세계는 물질문명과 기술문명의 시스템 안에서 점점 더 약해지는 정신세계의 위기를 인식하고 이 '위기'를 타개할 수 있는 정신적 출구를 열고자 하였다. 물질과 기술의 지배를 받는 사람의 정신세계가 자연과 생명을 파괴하는 파행적 지점에까지 이르렀음을 인식하면서부터 이건청의 시세계는 인간 정신의 회복과 함께 만물의 '생명'을 지켜내려는 생태의식을 표방하였다. 1970년대부터 지금까지 정신주의와 생태주의가 조화를 이루는 '총체적 생명의식'의 길을 걸어왔던 이건청 시인은 이하석 시인과 함께 한국 '생태시'의 주춧돌을 놓은 것으로 평가된다. 이건청의 대표적 시집으로는《코뿔소를 찾아서》,《하이에나》,《반구대 암각화 앞에서》, 시선집《해지는 날의 짐승에게》,《이건청 문학선집(전 4권)》 등이 있다.

다그마르 닉

1926년 독일의 브레스라우Breslau에서 출생한 시인 다그마르 닉Dagmar Nick. 1954년에 발표된 다그마르 닉의 〈묵시록〉, 〈우리는〉 등의 묵시록적 시편은 독일 문단에서 '생태시'의 맹아萌芽를 형성하였다. "기술문명의 발전이 곧 역사의 발전"이라고 확신했던 서구인들의 낙관적 역사관을 비판하면서 물질만능주의와 과학기술만능주의를 환경파괴의 주요 원인으로 지목하였기 때문이다. 닉은 사람의 물질적 욕망이 과도하게 팽창하여 과학기술을 남용하게 될 경우에 자연의 생명력을 착취하는 결과를 낳음으로써 생태계를 파괴하고 인류를 멸망시킬 수 있다는 가능성을 경고하였다. 제2차 세계대전 이후의 국가 재건을 위해 산업발전에 여념이 없던 1950년대 서독 사회를 겨냥하였다는 점에서 다그마르 닉은 독일 '생태시'의 선구자적 역할을 했다고 평가할 수 있다. 닉의 대표적 시집으로는《순교자》,《증거와 기호》,《소실선》 등이 있다.

엘케 외르트겐

1936년 독일 코블렌츠에서 출생한 시인 엘케 외르트겐Elke Oertgen. 시뿐만 아니라 에세이를 비롯한 산문에도 능통했던 작가다. 자연의 기본적 원소이자 만물의 근원인 물, 공기, 흙과 관련된 생태문제를 집중적으로 묘사하여 1970년대 후반 이후 독일 생태문학의 새로운 차원을 열었다. 《성경》을 비롯한 종교적 경전과 고대 그리스 현자賢者들의 잠언 등에 대한 폭넓은 지식을 활용하여 다양한 비유와 예화를 '생태시'의 영역 속으로 도입하였다. 엘케 외르트겐이 사용한 예화와 비유는 '생태주의'적 메시지를 전하기 위한 예술적 표현방식이었다. 그러나 1950년대 이후 1970년대에 이르기까지 직설적 표현방식에 치중한 탓에 예술성이 부족했던 독일어권 '생태시'의 예술성을 강화시킨 것은 외르트겐이 남긴 문학사적 의의라고 평가할 수 있다. 르포와 다큐멘터리의 수준을 벗어나서 다양한 미학적 기법을 통해 생태계의 현실을 묘사하였기 때문이다. 엘케 외르트겐의 대표적 시집으로는 《새의 시간》, 《흙의 촉감》, 《돌은 기억하고 있다》 등이 있다.

최승호

1954년 강원도 춘천에서 출생한 시인 최승호. 그는 1977년 《현대시학》으로 등단하였다. 사물에 대한 고정관념을 부수는 시어詩語를 능수능란하게 사용할 줄 아는 시인이다. 그는 사람의 자유를 특정한 이데올로기와 가치체계에 가두려고 하는 모든 시도들을 '폭력'과 동일시했다. 이 '폭력'을 극복하기 위한 싸움이 그의 일생이었다. 물론 싸움의 무기는 오직 '시'의 언어였다. 독재권력, 물질만능주의, 과학기술만능주의……. 사람의 자유를 구속하고 사람의 정신을 타락시키며 자연을 '죽음'의 막다른 골목으로 몰고가는 모든 세력에 대하여 그는 시의 칼날을 다듬었다. 그 칼날에서 비쳐나오는 언어의 빛은 모든 억압의 틀로부터 '생명'을 해방하려는 정신의 길이었다. 최승호의 대표적 시집으로는 《대설주의보》, 《세속도시의 즐거움》, 《회저의 밤》, 《모래인간》 등이 있다.

최영철

1956년 경상남도 창녕에서 출생한 시인 최영철. 그는 1986년 《한국일보》 신춘문예에 당선되어 등단하였다. 그는 한국시의 전통적 서정성을 계승하면서도 도시의 일상적 사건들과 사물들을 소재로 삼아 현대인들의 의식을 각성시키는 모더니티를 겸비해 왔다. 전통과 현대가 그의 시 속에서 만나고 있는 것을 볼 수 있다. 이것은 그가 다루는 문학작품의 소재가 특정한 시대에 갇혀 있지 않을 뿐만 아니라 상상의 폭도 넓고 표현방식도 구체적임을 의미한다. 시인이 말하고자 하는 주제의식이 뚜렷하다고 해도 상상과 표현의 변주變奏가 뛰어나지 못하다면 독자에게 감동을 줄 수 없다. 의식을 일깨우기도 어렵다. 최영철 시인은 자신의 상상력을 전통적 언어의 가락으로 풀어내어 독자에게 감동을 주다가도 어느새 '낯설게 하기'의 표현을 통해 낭만적 환상을 깨버리고 현실을 환기시켜 독자의 의식에 새로운 깨달음의 돌을 던져 준다. 최영철의 대표적 시집으로는 《홀로 가는 맹인악사》, 《개망초가 쥐꼬리망초에게》, 《일광욕하는 가구》, 《그림자 호수》, 《호루라기》, 《찔러본다》 등이 있다.

페터 쉬트

1939년 독일 바스베크Basbeck에서 출생한 시인 페터 쉬트Peter Schütt. 그는 함부르크, 괴팅엔, 본에서 독일문학과 역사학을 전공하였다. 도르트문트를 중심으로 결성된 작가 단체 '61 도르트문트 그룹'의 주요 회원으로 활동했다. 1971년부터는 그 후속 단체인 '노동세계의 문학'을 주도하면서 '독일 작가 동맹'의 회원으로 활동해왔다. 개신교에서 가톨릭으로, 가톨릭에서 이슬람교로 개종할 정도로 변화무쌍한 삶을 살았던 페터 쉬트는 '독일 공산당(DKP)'과 '민주 문화 연방'의 핵심 멤버로 활동할 만큼 다양한 정치활동을 펼쳤다. 이와 같이 정치와 사회에 대한 폭넓은 경험은 '시대시時代詩'를 낳는 기반이 되었다. 그는 시대의 모순과 사회의 병리현상들을 비판하는 사회참여적 시대시를 지속적으로 발표해왔다. 그의 '시대시' 범주 안에 속하는 대표적 장르가 '생태시'다. 그는 생태문제를 정치, 경제, 사회, 문화와의 관계 속에서 인식하였다. 자연과 사람 사이의 상호관계를 깨뜨리는 원인들이 사회의 구조적 모순으로부터 생겨난다는 것을 고발하면서 사회개혁의 열망을 표현하였다. 페터 쉬트의 대표적 시집으로는 《관계들》, 《두 개의 대륙》, 《시대시時代詩》, 《꿈과 일상 사이에서》 등이 있다.

로제 아우스랜더

1901년 옛 루마니아의 영토인 부코비나의 지방 수도 '체르노비츠'에서 출생한 시인 로제 아우스랜더Rose Ausländer. 유태인이었던 로제 아우스랜더는 제2차 세계대전 당시 독일 군대가 체르노비츠를 침략하여 수만 명의 유태인을 박해할 때에도 고향을 떠나지 않고 구사일생으로 살아남았다. 시인은 동족과 함께 강제 수용소로 끌려가 가혹한 박해와 노동에 시달렸다. 나치의 만행을 지켜보면서 나치에 대한 반감과 함께 전쟁을 혐오하는 반전反戰의식을 갖게 되었다. 로제 아우스랜더가 평생 동안 '생명'을 존중하고 경외하는 사상을 시로 옮겨왔던 것도 전쟁 체험과 무관하지 않다. 사람의 인권과 함께 자연의 생명권生命權을 존중하는 정신이 시의 밑바탕을 이루게 된 것도 '전쟁'에서 얻은 교훈 때문이었다고 볼 수 있다. 시인은 1946년 미국으로 이주하였다가 1964년 유럽으로 돌아와서 1965년 이후 독일의 '뒤셀도르프'에 정착하였다. 1972년부터는 그곳의 유태인 공동체에 거주하였다. 로제 아우스랜더의 대표적 시집으로는 《무지개》, 《재만 남은 여름》, 《동의》 등이 있다.

류시화

1959년 충북 옥천에서 출생한 시인 류시화. 그는 1980년 한국일보 신춘문예에 시가 당선되어 등단하였다. 1980년부터 1982년까지 '시운동' 동인으로 활발한 시창작 활동을 펼치다가 1983년 이후 1990년까지는 문단 활동을 중단하고 구도求道 생활에 전념하였다. '구도'의 기간 동안에 미국, 인도, 네팔, 티벳 등 해외 각지를 편력하며 명상가들과 교류하였고 인도의 '라즈니쉬 명상센터', 미국의 '요가난다 명상센터'에서 생활하는 등, 명상에 심취하였다. 세계의 곳곳을 방랑하면서 몸으로 체득한 자연체험의 깨달음은 류시화의 생태의식과 생명의식을 강화하는 자양분이 되었다. 그의 시는 "만물은 서로 돕는다"고 주장했던 표트르 알렉세예비치 크로포트킨의 사상을 연상시킨다. 하늘 아래 살고 있는 모든 생물이 생태계 안에서 서로 유기적 상호작용의 관계를 맺고 있다는 '생태의식'이 뚜렷하다. 류시화의 대표적 시집으로는 《그대가 곁에 있어도 나는 그대가 그립다》, 《외눈박이 물고기의 사랑》 등이 있다.

이준관

1949년 전북 정읍에서 출생한 시인 이준관. 그는 어른과 어린이를 구분하지 않고 모든 세대의 독자들이 읽을 수 있는 시를 써왔다. 그런 까닭에 동시 분야에서도 문학적 성과를 쌓아온 아동문학가로 알려져 있다. 1971년 〈초록색 크레용 하나〉로 《서울신문》 신춘문예 동시 부문에 당선되었고, 1974년 《심상》에 시 《풀벌레 울음송》외 2편을 추천 받아 등단하였다. 그는 생활공간 속에서 만날 수 있는 사람, 동물, 식물 등 '생명'을 가진 모든 존재를 시의 뜨락으로 초청하여 시를 '생명의 네트워크'로 구성하였다. 그의 시는 이 '녹색 문화의 현장'을 나타내는 본보기로서 손색이 없어 보인다. 이준관의 대표적 시집으로는 《가을 떡갈나무숲》, 《내가 채송화꽃처럼 조그마했을 때》, 《열 손가락에 달을 달고》등이 있다.

마르가레테 한스만

1921년 독일 하이덴하임Heidenheim에서 출생한 시인 마르가레테 한스만 Margarete D. Hannsmann. 시, 소설, 방송극, 에세이 등 다양한 장르의 작품을 발표한 작가였다. 한스만은 오랜 세월 동안 평화운동, 환경보호운동, 반핵反核운동에 적극적으로 참여하였다. 이 세 가지 사회운동은 긴밀한 연관성을 갖고 있다. 사람의 인권과 자연의 생명권을 보호하려고 노력한다는 점에서 공통점을 찾을 수 있다. 세계의 평화를 유지하기 위해서는 지상에서 전쟁을 억제하는 일에 힘써야 하지 않는가? 전쟁을 방지하기 위해서는 살상무기의 증강을 막고 핵개발을 금지시켜야 하지 않는가? 지상에서 핵무기와 전쟁이 사라져야만 사람의 생명, 인권, 존엄성을 지킬 수 있고 자연의 생명도 보호할 수 있지 않는가? 한스만이 추구해왔던 '평화'는 생태계 안에서 생명을 가진 모든 존재가 상호의존의 관계를 유지해나가는 생명공동체의 안정을 의미한다. 한스만의 대표적 시집으로는 《너도밤나무숲》, 《지도》, 《풍경》 등이 있다.

이문재

1959년 경기도 김포에서 출생한 시인 이문재. 그는 1982년 《시운동》 제4집에 시 〈우리 살던 옛집 지붕〉을 발표하여 등단한 이후 시창작과 문학평론을 병행해왔다. 이념과 경향에 얽매이지 않는 자유로운 상상력을 바탕으로 현실과 시대의 다양한 사회문제를 시의 소재로 다루어왔다. '생태문제'도 그의 시세계 안에서 중심적 소재가 되었다. 〈산성눈 내리네〉, 〈고비 사막〉, 〈비닐 우산〉, 〈산길이 말하다〉, 〈오존 묵시록〉 등은 그의 생태의식을 대변하는 작품이다. 이문재의 대표적 시집으로는 《내 젖은 구두를 벗어 해에게 보여줄 때》, 《산책 시편》, 《별빛 쏟아지는 공간》, 《공간 가득 찬란하게》 등이 있다.

사라 키르쉬

1935년 독일 하르츠 지방의 림린게로데Limlingerode에서 출생한 시인 사라 키르쉬Sarah Kirsch. 제2차 세계대전이 끝난 후에는 독일민주공화국(DDR 東獨)의 시민이 되어 1954년부터 1958년까지 할레Halle 대학교에서 생물학을 전공하였다. 1960년부터 시를 발표하기 시작한 키르쉬는 '서정시 파도'라는 문학운동을 주도하였다. 그러나 동독 당국은 문학을 '사회주의 선전 도구'로 이용하는 문화정책을 실시하였다. 동독의 작가들은 이

른바 '건설문학' 혹은 '도달문학'이라는 획일적 문학의 형태 속에 구속되어 예술가의 자율성과 창의성을 억압당하는 현실에 직면하였다. 키르쉬는 동독 당국의 문화정책에 맞서 작가의 주관성과 문학의 서정성을 해방하는 데 힘을 쏟았다. 정부의 압력에 의해 작가동맹에서 제명당하는 아픔을 겪고 1977년 마침내 서독으로 망명한 사라 키르쉬. 시인이자 문학평론가인 카를 리하Karl Riha가 "교정된 자연시"라고 명명한 것처럼 키르쉬의 자연시는 사람과 자연 간의 분열에 따른 세계의 파멸을 경고한다. 묵시록의 성격을 갖고 있는 것이다. 흔들리는 지구에 대한 불안과 공포를 '산', '새', '개', '곰', '당나귀', '해초', '물고기' 등의 삶을 통해 대변하고 있다. 사라 키르쉬의 대표적 시집으로는 《시골 체류》, 《순풍》, 《연날리기》, 《지상의 나라》, 《고양이의 삶》 등이 있다.

우베 그뤼닝

1942년 폴란드 '파비아니체'에서 출생한 시인 우베 그뤼닝Uwe Grüning. 그는 독일 '작센' 주의 소도시 '그라우카우'에서 유년 시절을 보냈다. 그는 1966년 이후 엔솔로지와 문예지에 시, 에세이, 소설을 꾸준히 발표하였고, 마침내 1977년 첫 시집 《12월의 여행아침》을 출간하였다. 그는 정치 참여에도 열정을 기울였다. 독일 통일의 해인 1990년 기민당(CDU) 소속 작센 주 의회 의원으로 선출되어 2004년까지 의원직을 역임하였고, 기민당의 작센 주 대변인으로 활약하였다. 그의 풍부한 정치경험은 사회와 세계에 대한 비판적 안목을 키워주었고 그의 시를 사회교육의 메타포로 승화시켰다. 그의 시에 나타나는 생태의식도 정치참여와 깊은 연관성이 있다. 생태 위기와 환경오염은 잘못된 정치의 결과물이기 때문이다. 우베 그뤼닝의 대표적 시집으로는 《12월의 아침여행》, 《불의 주변에서》 등이 있다.

리젤로테 촌스

1931년 베를린에서 출생한 시인 리젤로테 촌스Lieselotte Zohns. 그는 '신문'이라는 매스미디어를 활용하여 시를 발표해왔다. 일간지에 발표된 그의 시작품들은 대부분 1978년 뮌헨에서 출간된 그의 시집 《독립된 자들》 속에 담겨 있다. 시집 제목에서 드러나듯 리젤로테 촌스는 생명을 가진 모든 존재의 '독립성'을 존중하는 철학을 갖고 있다. 마르틴 부버는 자연을 "그것"이나 "대상"으로 취급하지 말고 독립적 존재인 "너"로 존중할 것을 주장하였고, 자크 데리다는 자연을 "타자他者"로 인정하여 나와 타자 사이의 "차이"를 존중할 것을 강조하지 않았는가? 사람과 자연 사이의 "차이"를 인정할 때 자연과 사람은 부버의 말처럼 서로 도움을 주고받는 "상호관계"를 맺을 수 있다. 사람과 자연 사이의 상생은 자연의 독립성과 고유한 속성을 인정하는 사고방식에서 출발한다. 그렇다면 자연의 모든 생명체를 '독립된 자'로 바라보는 리젤로테 촌스의 철학은 '생태주의'와 일치한다.

마르고트 샤르펜베르크

1924년 독일 쾰른에서 출생한 시인 마르고트 샤르펜베르크Margot Scharpenberg. 1968년 미국 시민권을 얻은 후에는 뉴욕이 본거지가 되었다. 그러나 미국 시민이 된 후에도 노년에 이르기까지 샤르펜베르크의 인생 노트를 가득 채운 언어는 독일어였다. 그는 독일어 문학권 내에서 '형상시形像詩'를 대표하는 시인으로 평가받을 만큼 시의 예술성을 추구해왔다. 페미니즘 운동에 적극적으로 참여했던 이력이 말해주듯 인권문제와 사회문제에 깊은 관심을 보여주기도 했다. 그중에서 특히 샤르펜베르크의 시를 비판적 포럼Forum으로 변화시킨 사회문제는 대도시의 환경문제였다. 샤르펜베르크의 대표적 시집으로는 《흔적》, 《새로운 흔적》, 《대성당과의 대화》 등이 있다.

권터 그라스

1927년 독일 단치히Danzig(폴란드 영토)에서 출생한 권터 그라스Günter Grass. 그는 소설뿐만 아니라 희곡과 시의 창작에도 열정을 기울였던 만능 작가였다. 1954년 전후戰後 독일 작가 동맹인 '47 그룹'에 가입하여 소설가 하인리히 뵐·시인 권터 아이히 등과 함께 문학을 통한 독일의 과거사 청산에 주력하였다. 1956년 처녀 시집 《두꺼비들의 재능》을 출간했던 권터 그라스는 1959년 자신의 문학을 대표하는 소설 《양철북》을 발표하였다. 이 소설의 주인공인 오스카는 3세에 일부러 지하실 난간에서 추락하여 성장을 멈춘다. 그가 일부러 성장을 멈춘 까닭은 무엇일까? 나치가 추구하는 기형적 성장에 동참하지 않겠다는 권터 그라스의 의지가 아닐까? 오스카가 두드리는 '양철북' 소리는 개인을 획일화시키는 전체주의 체제에 대한 비판의 메시지이며, 히틀러의 독재권력을 질타하는 저항의 북소리였다. 권터 그라스는 독일 사회민주당(SPD)의 지지자로서 '新나치주의'를 비판하고 외국인에 대한 차별주의를 극복하는 일에 주력해왔다. 그의 문학은 이념, 민족, 인종을 초월하여 인간의 존엄성과 천부인권을 옹호하는 박애주의를 노래하였다. 그의 소설, 희곡, 시에서 드러나는 반전의식反戰意識과 생태의식은 '박애'의 과수果樹에 맺혀있는 두 가지의 열매다. 1999년 소설 《양철북》으로 '노벨 문학상'을 수상한 귄터 그라스의 대표적 시집으로는 처녀 시집 《두꺼비들의 재능》과 《귄터 그라스 시전집》이 있고, 대표적 소설로는 《양철북》 외에도 《넙치》·《게 걸음으로 가다》 등이 있다. 상암동 월드컵 경기장에서 열린 '2002 한·일 월드컵' 개막식에서 자작시 〈밤의 경기장〉을 낭송하여 한국인들에게 깊은 인상을 남겼다.

하랄트 크루제

1945년 독일 바스베크Wasbek에서 출생한 시인 하랄트 크루제Harald Kruse. 그는 시집과 문예지뿐만 아니라 TV 방송, 라디오, 신문 등 다양한 대중매체를 통하여 시를 발표하였다. 독일 문단의 주목을 받은 시집은 1976년에 출간된 《지렁이들의 반란》이다. 제목이 말해주듯 크루제의 생태의식이 선명하게 표현된 시집이다. '도시'라는 현대인들의 생활공간이 자연과 공생하는 문화의 터전이 되지 못하고 오히려 자연을 배타적으로 소외시키는 전초기지로 전락하고 있다는 비판의식을 그의 시에서 읽을 수 있다. 무엇보다도 주목할만한 문학적 가치는 도시인들의 바람직한 문화가 무엇인지를 독자에게 묻고 있다는 점이다. 그가 '생태문화'라는 용어를 공개적으로 언급한 적은 없지만 그의 시는 도시인들에게 생태문화의 중요성을 일깨워주는 각성제와 같다. 그의 시는 '도시'가 문명적 문화의 본산 역할을 할 뿐만 아니라 생태문화의 현장으로서도 사회적 역할을 확대해야 한다는 메시지를 시사하였다. 하랄트 크루제의 대표적 시집으로는《지렁이들의 반란》,《상황보고報告》등이 있다.

예르크 부르크하르트

1943년 독일 동부 '드레스덴'에서 출생한 시인 예르크 부르크하르트Joerg Burkhard. 1945년 가족을 따라 독일의 서부로 이주하였다. 그는 1968년부터 1988년까지 하이델베르크에서 '화씨 451 시+정치'라는 특이한 이름의 서점을 경영하였다. '화씨 451'은 1953년에 발표된 미국 작가 레이 브래드베리의 소설 제목으로서 당대 미국 사회를 날카롭게 비판하는 작품이었다. 이 소설 제목을 서점 이름으로 정한 사실에서 드러나듯 부르크하르트는 젊은 시절부터 시대와 사회에 대한 비판의식이 강했다. 서점 이름이 '정치'로 끝나는 것도 그 증거가 될 수 있다. 그의 생태의식도 사회에 대한 비판의식에서 파생되었다고 볼 수 있다. 1966년 뮌헨의 비더슈타인Biederstein 출판사에서 출간된 엔솔로지《전망. 독일어권 지역의 젊은 시인들》에 시 〈일요일〉이 발표된 이후 1970년대 다수의 문학교과서에 그의 시작품이 수록되었다. 1977년 뮌헨의 '체. 하. 베크C. H. Beck' 출판사에서 출간된 엔솔로지《그래도 나는 살아 움직인다. 1968년 전후前後의 시》에 〈여름날〉외 2편을 발표하여 시인의 입지를 굳혔다. 예르크 부르크하르트의 대표적 시집은《내가 기억하는 몇 개의 사물들》이다.

한스 카스퍼

1916년 독일 베를린에서 출생한 시인 한스 카스퍼Hans Kasper. 그는 시, 에세이, 경구警句, 방송극 등 다양한 장르의 작품을 발표하였다. 1955년 한스 카스퍼는 시의 첫 행에 검정색 대문자로 대도시 이름을 표기한 연작 시편을 발표하였다. 〈뉴스Nachricht〉라는 제목으로 발표된 이 연작 시편은 '프랑크푸르트', '보훔' 등 독일의 대도시를 비롯하여 미국의 '디트로이트' 같은 공업도시에 이르기까지 서구의 문명사회를 비판의 대상으로 삼았다. 한스 카스퍼는 동시대의 다그마르 닉과 함께 자연시의 전통적 경향을 극복하고 '자연'과 관련된 문제들을 사회문제로 고발하여 '생태시'의 서막을 열었다. '뉴스'라는 연작 시편의 제목이 암시하는 것처럼 그는 대도시를 환경오염의 진원지로 고발하였다. 기자의 현장 취재와 보도를 연상시키는 르포Repo의 언술방식을 통해 생태 위기의 실상을 실증함으로써 생생한 현장감을 재생해주었다. 한스 카스퍼의 대표적 시집으로는 《뉴스와 기사》, 《호흡이 멎은 시간》, 《인간에 대한 보고》 등이 있다.

이선관

1942년 마산에서 출생한 시인 이선관. 그는 뇌성마비 장애의 한계를 딛고 생태·환경문제의 산 증인으로서 평생을 보낸 문인이다. 그는 1975년 10월 14일 《경남매일신문》에 환경오염의 현실을 고발하는 연작시 〈독수대毒水帶〉를 발표하기 시작했다. 〈독수대〉를 통하여 그는 자신이 거주하는 마산 지역의 바닷물이 오염되어가는 현상을 심각한 사회문제로 부각시켰다. 물론 그 사회문제는 사람의 생존을 염려해야 하는 위기 상황을 의미하였다. 그러나 "그 당시 주위에선 나를 매사에 불평만 늘어놓는 불평분자라고 얘기하였다"는 시인의 고백에서도 알 수 있듯이 연작시 〈독수대〉에 대한 주변의 반응은 냉담하였다. 대중의 관심은 환경과 생태계가 아니라 경제와 산업에 매몰되어 있었기 때문이다. '경제

개발'을 급진적으로 추진해왔던 정부 당국도 이선관 시인에 대해 고운 눈길을 보낼 리가 없었다. 시인의 회고에 따르면 "당국에서는 조국 근대화로 가는 보랏빛 길목에 경제개발을 저해하는 인물"로 그를 지목했다고 한다. 그러나 1997년 환경시집《지구촌에 주인은 없다》에서 시인은 "22년이 지난 지금도 변함없는 생각은 하나뿐인 지구 그리고 조선반도"라고 고백하였다. 한반도를 포함한 지구촌의 자연과 생물들을 경제개발의 도구로써 이용하는 모든 인간중심적 메커니즘을 극복하는 것이 시를 쓰는 이유임을 밝힌 것이다. 이선관의 대표적 시집으로는《기형의 노래》,《인간선언》,《독수대》,《지구촌에 주인은 없다》 등이 있다.

안도현

1961년 경북 예천에서 출생한 시인 안도현. 그는 1981년《대구매일신문》신춘문예에 시 〈낙동강〉이, 1984년《동아일보》에 시 〈서울로 가는 전봉준〉이 당선되어 등단하였다. '서울로 가는 전봉준'이 암시하듯 정통성 없는 정치권력에 대한 저항의식과 소외 계층을 향한 사랑이 그의 시를 움직이는 원동력이었다. 대중에게 널리 알려진 시 〈너에게 묻는다〉에서 울려 퍼지는 자기성찰의 물음은 점점 더 각박해지는 세상 속에서 이타적 손길의 불꽃을 살려내려는 시적 화두가 되었다. 그러나 세월이 흐를수록 그의 시세계에서 나타나는 변화의 양상도 감지되었다. 1980년대의 정치적 격변기를 떠나보냈기 때문일까? 사람에게 흘려보냈던 사랑의 강물은 더욱 따뜻해지고 더욱 깊어지면서 모든 생명을 품어 안게 되었다. 그가 비판했던 세상, 그가 사랑했던 세상은 사람들만의 '집'이 아니라 자연과 사람이 가족으로서 의지하고 살아가는 생명공동체의

'집'으로 재건되었다. 안도현의 대표적 시집으로는 《모닥불》, 《그대에게 가고 싶다》, 《외롭고 높고 쓸쓸한》 등이 있다.

정호승

1950년 경남 하동에서 출생한 시인 정호승. 그는 1973년 《대한일보》 신춘문예에 시 〈첨성대〉가 당선되어 등단하였다. 1982년엔 《조선일보》 신춘문예에 단편소설 〈위령제〉가 당선되어 소설 창작에도 입문하였지만 1979년 첫 시집 《슬픔이 기쁨에게》를 상재한 이후 시창작에 주력하여 '시인'의 입지를 굳혔다. 1982년에 발표된 두 번째 시집 《서울의 예수》에서는 '예수'를 억압받는 민중의 옹호자로 형상화함으로써 민중적 저항시의 경향을 확고히 각인시켰다. 그러나 세월이 흐를수록 점점 더 깊어지는 시인의 불심佛心은 꽃 한 송이, 풀 한 자락, 나무 한 그루를 사람처럼 귀하게 여기는 자애의 길을 열었다. 시 〈벗에게 부탁함〉에서 "부탁"은 생명을 가진 모든 존재에 대한 외경畏敬을 대중에게 부탁하는 말이기도 하다. 시인의 생명의식이 선명히 드러난다. 정호승의 대표적 시집으로는 《서울의 예수》, 《새벽 편지》, 《사랑하다가 죽어버려라》 등이 있다.

김현승

1913년 전남 광주에서 출생한 시인 김현승. 그는 목사였던 부친을 따라 평양에 이주하여 유년과 청소년 시절을 보냈다. 이 시기에 형성된 기독교적 세계관은 그의 시를 싹트게 한 정신적 토양이 되었다. 1934년 《동아일보》에 시 〈쓸쓸한 겨울 저녁이 올 때〉를 발표하여 등단한 김현승은 '고독의 시인' · '가을의 시인'이라는 애칭을 갖고 있다. 키에르케고오르의 유신론적 실존주의에 심취하였고 독일 시인 라이너 마리아 릴케의 시 〈가을날〉을 비롯한 '고독'의 시편으로부터 큰 영향을 받았다. 〈가을의 기도〉, 〈절대고독〉, 〈견고한 고독〉, 〈인간은 고독하다〉등은 김현승의 시 세계를 대표하는 '고독'의 시편이다. 그의 생태의식을 나타내는 작품들은 많지 않은 편이다. 그러나 모든 생명체를 하느님의 피조물로 인정하는 가운데 사람과 자연을 '피조물 공동체'의 동반자로 인식하는 기독교적 생태의식이 나타난 시작품을 어렵지 않게 찾을 수 있다. 〈플라타너스〉, 〈나무〉 같은 작품들이 적절한 예다. 김현승의 대표적 시집으로는 《옹호자의 노래》, 《견고한 고독》, 《절대고독》, 《마지막 지상에서》 등이 있다.

김광규

1941년 서울에서 출생한 시인 김광규. 그는 1975년 계간 《문학과 지성》으로 등단하였다. 그의 대표 작품 〈희미한 옛 사랑의 그림자〉는 불의不義에 대한 항거의 정신을 보여주었던 '4.19' 세대가 세월의 흐름 속에서 소시민적 속물의 모습으로 변해가는 실상을 서글픈 목소리로 노래한 서정적 비가悲歌다. 김광규의 시는 특정한 하나의 경향에 귀속될 수 없을 만큼 다양한 성격을 갖고 있다. 그러나 첫 시집 《우리를 적시는 마지막 꿈》을 비롯하여 1970년대 후반 그가 발표한 시작품들 중에는 자연과 사람 사이의 생명선生命線을 단절시키는 문명의 폭력에 맞서 비판의식의 칼날을 번득이는 작품들이 많다. 김광규의 대표적 시집으로는 《우리를 적시는 마지막 꿈》, 《아니리》, 《크낙산의 마음》, 시선집 《희미한 옛사랑의 그림자》 등이 있다.

예르크 칭크

1922년 독일 엘름Elm에서 출생한 시인 예르크 칭크Jörg Zink. 그는 개신교의 목사이자 신학자로서 기독교 문화를 확장하는 데 기여해왔다. 그의 기독교 사상은《성서》의 이론과 종교적 교리에 갇혀 있지 않았고 사회적 실천으로 확대되었다. 그는 환경운동과 평화운동에 적극적으로 앞장 선 성직자였다. 그는《성서》에 근거를 두고 기독교 세계관과 '생태주의' 사이의 접점을 찾았다. 하느님의 '사랑'을 모든 피조물과 함께 나누는 것은 그에게 있어서 가장 중요한 문화였다. 그러므로 성직자로서의 예르크 칭크와 시인으로서의 예르크 칭크는 그의 생태시 안에서 자연스럽게 하나가 될 수 있었다. 그의 생태시는 신학神學에 대한 학문적 연구와 환경운동과 문학이 삼위일체를 이룬 성과물이었다. 예르크 칭크의 대표적 시집으로는《아직 미래는 있다》가 있다.

페레나 렌취

1913년 스위스 바젤Basel에서 출생한 시인 페레나 렌취Verena Rentsch. 시 창작뿐만 아니라 소설 창작에도 능했던 렌취는 자신의 거주지 리스탈Liestal 시를 빛낸 작가였다. 리스탈의 자랑거리인 '시인 박물관'에는 렌취의 창작활동과 관련된 자료들이 전시되어 있다. 렌취는 스위스의 3개 공용어(독일어, 프랑스어, 이탈리아어) 중 하나인 '독일어'로 시를 창작해왔다. 1974년에 출간된 시집《초록의 새 싹》은 렌취의 생태의식을 선명히 보여주는 시집이다. 페레나 렌취의 대표적 시집으로는 《달은 점점 더 자라난다》, 《초록의 새 싹》, 《레비아탄》 등이 있다.

울리 하르트

1948년 독일의 바트 홈부르크Bad Homburg에서 출생한 시인 울리 하르트Ulli Harth. 그는 엔솔로지, 신문, 시사잡지, 라디오 방송 등에 다수의 시를 발표해왔다. 울리 하르트의 글쓰기는 시창작에 한정되지 않았다. 에세이, 풍자문학, 잠언 등 '대중문학'의 영역으로 문학의 범위를 넓혀갔다. 작가로서 가질 수 있는 엘리트 의식을 경계하면서 문학과 대중 사이의 장벽을 허물기 위해 노력했다. 라디오 방송에 자주 발표했던 시작품들을 엮어 간행한 그의 시집 《만행蠻行》은 시를 대중문학의 마당으로 초청한 대표적 사례다. 문학의 대중화를 추구한다는 것은 그의 관심사가 시사문제에 밀착되어 있다는 증거이기도 하다. 특히 울리 하르트는 1950년대와 60년대 서독에서 산업의 발전 속도가 지나치게 빨라짐으로 인하여 발생하는 환경오염 문제에 깊은 관심을 가졌다. 그의 관심은 생태문학의 영역으로 옮아갔다. 자연과 사람 사이의 관계가 분리되는 현상을 고발하고 자연친화적 세계의 회복을 희망하는 생태시들을 연이어 발표하였다. 울리 하르트의 대표적 시집으로는 《녹색》이 있다.

오규원

1941년 경남 밀양에서 출생한 시인 오규원. 그는 1968년 《현대문학》지에 추천완료 되어 등단하였다. 초기에는 관념성이 짙은 시작품을 발표하였지만 중기 이후엔 자본주의 사회의 폐단에 대한 비판적 안목이 강해지면서 관념성을 탈피하는 '해체주의'적 경향의 시들을 발표해왔다. 사람의 관념과 시인의 주체 속에 갇혀 있는 '사물'을 해방함으로써 사물의 고유한 모습과 속성을 직관적直觀的으로 인식하는 이른바 '날(生) 이미지'의 시학이 펼쳐졌다. 시집 《가끔은 주목받는 생(生)이고 싶다》를 비롯하여 1990년대에 이어진 오규원의 시집 속에는 주관적으로 변용된 사물이 아니라 타자他者로서 독자성과 독립성을 누리는 '사물'의 고유한 존재가 살고 있다. 사물에 대한 시인의 직관은 사물 내부의 움직임과 사물들 간의 상호관계에 대한 직관으로 발전하게 되었다. 그의 시에서 사람과 사물, 사람과 자연 간의 유기적 관계에 대한 직관적 인식이 나타나는 것은 매우 자연스러운 현상이었다. '생태문학'이라고 부를만한 요소가 그의 작품 속에 깃들여 있다. 오규원의 대표적 시집으로는 《사랑의 기교》, 《가끔은 주목받는 생(生)이고 싶다》, 《사랑의 감옥》, 《길, 골목, 호텔 그리고 강물소리》, 《나무 속의 자동차》, 유고 시집 《두두》가 있다.

함민복

1951년 충북 충주에서 출생한 시인 함민복. 그는 1988년 계간 《세계의 문학》에 시 〈성선설〉을 발표하여 등단하였다. 물질만능주의를 부추기는 메커니즘에 대한 저항의 몸짓이 그의 시를 키우는 힘이 되었다. 1991년 생태엔솔로지 《새들은 왜 녹색별을 떠나는가》에 수록된 함민복의 '생태시'들은 생태적 생명의 문제를 '시의 심장'으로 삼고 있는 그의 세계관을 대변한다. 함민복의 대표적 시집으로는 《모든 경계에는 꽃이 핀다》, 《말랑말랑한 힘》, 《자본주의의 약속》(2006) 등이 있다.

각주

제1장 _ 어찌하여 사람에게 만물을 다스릴 권한을 주셨단 말입니까?

1) 머레이 북친, 《사회생태론의 철학》, 문순홍 옮김, 솔 출판사, 1997, p. 234.

2) 머레이 북친, 《사회생태론의 철학》, 문순홍 옮김, 솔 출판사, 1997, p. 234.

3) 머레이 북친, 《사회생태론의 철학》, 문순홍 옮김, 솔 출판사, 1997, p. 234.

4) 머레이 북친, 《사회생태론의 철학》, 문순홍 옮김, 솔 출판사, 1997, p. 244.

5) 1979년 독일 함부르크의 '루터 출판사'에서 출간된 아르님 유레의 시집 《우리는 성긴 지표地表 위에 서 있다》에 처음 수록되었다.

6) 1936년에 발표된 찰리 채플린(감독·시나리오·주연)의 코미디 영화. 자본주의가 팽창함에 따라 물질만능주의와 기술만능주의 풍조가 만연되고 인간이 '자본'을 획득하기 위한 수단으로 전락하는 '인간 소외' 현상을 비판하는 작품이다.

7) 송용구, 《생태시와 생태사상》, 현대서정사, 2016, p. 102. 참조

8) 송용구, 시 〈심각경보〉, 《창작21》 제36권, 2016년 겨울, p. 65.

9) 송용구, 시 〈심각경보〉, 《창작21》 제36권, 2016년 겨울, p. 65.

10) 머레이 북친, 《사회생태론의 철학》, 문순홍 옮김, 솔 출판사, 1997, p. 244.

11) 에리히 프롬, 《자유에서의 도피》(세계사상전집49), 고영복 옮김, 학원출판공사, 1983, p. 207.

12) 에리히 프롬, 《자유에서의 도피》(세계사상전집49), 고영복 옮김, 학원출판공사, 1983, p. 208.

13) 독일어 발음으로는 '맑스'라고 불러야 한다.

14) 앤서니 기든스, 《제3의 길》, 한상진 외 옮김, 생각의 나무, 1998. 참조.

15) 자크 데리다, 《해체》, 김보현 옮김, 문예출판사, 1996. 참조.

16) 1980년에 처음 발표된 후 1981년 페터 쉬트의 시집 《꿈과 일상 사이에서》에 수록되었다.

17) 1994년 '솔' 출판사에서 간행한 김지하 시인의 시집 《중심의 괴로움》에 수록되었다.

18) 2010년 '동학사'에서 출간된 이건청 시인의 《반구대 암각화 앞에서》에 수록된 작품이다.

19) 최영철, 《돌돌》, 실천문학사, 2017, p. 11.

20) 조규형, 《해체론》(살림지식총서 339), 살림, 2008. 참조.

21) P. A. 크로포트킨, 《만물은 서로 돕는다》, 김영범 옮김, 르네상스, 2005. p. 106.

1) 시 〈인류의 마지막 7일〉은 1972년 슈투트가르트와 베를린에서 출간된 예르크 칭크의 시집 《아직 미래는 있다》에 수록된 대표적 작품이다. 이 작품은 1981년 뮌헨 대학교 페터 코르넬리우스 마이어-타쉬 교수의 엮음으로 뮌헨의 '체. 하. 베크C. H. Beck' 출판사에서 출간된 생태엔솔로지 《직선들의 폭풍우 속에서. 독일의 생태시 1950~1980》제7장 '묵시록' 편에 재수록되었다.

2) 1964년 프랑크푸르트의 주어캄프Suhrkamp 출판사에서 간행한 엔첸스베르거의 시집 《나, 대통령과 비버》에 수록된 작품이다.

3) 1998년 '창작과비평사'에서 출간된 시집 《어머니와 할머니의 실루엣》에 수록된 작품이다. 그 후 1991년 다산글방에서 출간된 생태엔솔로지 《새들은 왜 녹색별을 떠나는가》(고진하·이경호 엮음)에 재수록되었다.

4) Vgl. Elke Oertgen, 〈Erde〉, in: 《Erdberührung》, Duisburg 1985, S. 14-15 . 독일 시인 엘케 외르트겐Elke Oertgen은 자신의 시 〈지구Erde〉에서 "노아의 대홍수" 같은 대재앙을 통해 지구가 종말을 맞이할 수 있다는 것을 경고하였다.

5) 1995년 5월 17일 독일의 본Bonn 대학교에서 한·독 작가회의가 열렸다. 구기성(본 대학교 한국학) 교수의 사회로 독일 측에서는 위르겐 베커, 한국 측에서는 문덕수 시인 등이 참여하였다.

6) 시전문 월간지 《시문학》1995년 7월호, 144쪽. 참조.

7) Jürgen Becker, 〈Sag mir, wie es dir geht〉, in: 《Gedichte 1965~1980》, Frankfurt am Main 1981, S. 18.

8) Hans Kasper, 〈Bochum〉, in: 《Im Gewitter der Geraden. Deutsche Ökolyrik 1950-1980》, hrsg. von P. C. Mayer-Tasch, München 1981, S. 35.

9) Jürgen Becker, 〈Natur-Gedicht〉, in: 《Moderne Deutsche Naturlyrik》, hrsg. von Edgar Marsch, Stuttgart 1980, S. 239.

10) 1990년 '문학아카데미'에서 출간된 이형기 시인의 시집 《심야의 일기예보》에 수록된 작품이다. 그 후 1991년 '다산글방'에서 출간된 생태엔솔로지 《새들은 왜 녹색별을 떠나는가》(고진하·이경호 엮음)에 재수록되었다.

11) Elke Oertgen, 〈Wasser〉, in: 《Erdberührung》, Duisburg 1985, S. 11.

12) 송용구, 시 〈식민지 지구地球〉, 《도요문학무크 6》, 도요, 2014, p. 119.

13) 〈지구는 종말로 향하고 있다〉, 《서울신문》, 2012년 6월 8일.

14) 〈지구는 종말로 향하고 있다〉, 《서울신문》, 2012년 6월 8일.

15) 1963년에 발표된 작품이다. 시집 《혹성에 대한 기억》에 처음 수록된 후, 1981년 마이어-타쉬 교수의 엮음으로 뮌헨의 '체. 하. 베크' 출판사에서 출간된 생태엔솔로지 《직선들의 폭풍우 속에서. 독일의 생태시 1950~1980》 제7장 '묵시록' 편에 재수록되었다.

16) 1991년 '삼진기획'에서 출간된 고형렬의 시집 《서울은 안녕한가》에 수록된 작품이다.

17) 고형렬, 《서울은 안녕한가》, 삼진기획, 1991, p. 140.

18) 1991년 '다산글방'에서 출간된 생태엔솔로지 《새들은 왜 녹색별을 떠나는가》(고진하&이경호 엮음)에 수록된 작품이다.

19) 사라 키르쉬가 서독으로 이주하기 전 1967년에 간행된 시집 《시골 체류》에 수록된 작품이다.

20) 이 작품의 본문 번역문은 《작은 것이 위대하다-독일 현대시 읽기》(박설호 지음·울력)에서 재인용하였다.

제3장 _ 인류여! 자연의 지킴이가 되어라

1) 시 〈공장지대〉는 1991년 '세계사'에서 간행한 시집 《세속도시의 즐거움》에 수록된 작품이다.

2) 시 <독수대毒水帶 1>은 1975년 10월 14일 《경남매일신문》에 발표된 후, 1997년 '살림터'에서 출간된 '환경시집' 《지구촌에 주인은 없다》에 수록되었다.

3) 시 〈푸른 하늘〉은 1999년 '문학과지성사'에서 간행한 정현종 시인의 시집 《갈증이며 샘물인》에 수록된 작품이다.

4) 시 〈보훔〉은 1955년에 발표되었다. 대도시의 환경오염을 고발하는 한스 카스퍼의 연작시 〈뉴스〉중의 한 편이다. 그의 시집 《뉴스와 기사》(1957)에 처음 수록되었고, 1981년 마이어-타쉬 교수의 엮음으로 뮌헨의 '체. 하. 베크' 출판사에서 출간된 생태엔솔로지 《직선들의 폭풍우 속에서. 독일의 생태시 1950~1980》 제2장 '세 가지 원소. 물·공기 그리고 흙' 편에 재수록되었다.

5) 시 〈마지막 어머니 letzte Mutter〉는 1981년 생태엔솔로지 《직선들의 폭풍우 속에서. 독일의 생태시 1950-1980》제2장 '세 가지 원소. 물·공기 그리고 흙' 편에 수록되었다.

6) 시 〈지구〉는 1980년에 발표되었고 1985년 엘케 외르트겐의 시집 《흙의 촉감》에 수록되었다.

7) 이하석, 《고추잠자리-이하석 시선》, 문학과지성사, 1997, p. 27-28.

8) 시 〈땅〉은 1994년 '문학동네'에서 출간된 안도현 시인의 시집 《외롭고 높고 쓸쓸한》에 수록된 작품이다.

9) 시 〈삽〉은 1997년 '창작과비평사'에서 출간된 정호승 시인의 다섯 번째 시집 《사랑하다가 죽어버려라》에 수록된 작품이다.

제4장 _ 우리의 이성은 실험관 속에서 죽음을 배양한다

1) 원무현, 시 〈기계치의 첨단기기 공포증 탈출기〉, 《도요문학무크 9》, 도요, 2016, p. 97.

2) 이마누엘 칸트, 《도덕 형이상학을 위한 기초놓기》, 이원봉 옮김, 책세상, 2002, p. 82.

3) 성선경, 시 〈개〉, 《도요문학무크 9》, 도요, 2016, p. 58.

4) 시 〈우리는〉은 1954년에 처음 발표되었다. 이 작품은 1981년 마이어-타쉬 교수의 엮음으로 뮌헨의 '체. 하. 베크' 출판사에서 출간된 생태엔솔로지 《직선들의 폭풍우 속에서. 독일의 생태시 1950~1980》제7장 '묵시록' 편에 재수록되었다.

5) 이승하, 《생명에서 물건으로》, 문학과지성사, 1995, p. 57-58.

6) Ludwig Fels, 〈Konsumterror〉, in:《Im Gewitter der Geraden. Deutsche Oekolyrik 1950-1980》, hrsg. von P. C. Mayer-Tasch, C. H. Beck, Muenchen 1981, S. 150.

7) Günter Herburger, 〈Belle de Jour〉, in:《Im Gewitter der Geraden. Deutsche Ökolyrik 1950-1980》, hrsg. von P. C. Mayer-Tasch, C. H. Beck, Muenchen 1981, S. 188.

8) 송용구, 시 〈현대신앙〉, 《창작21》제36권, 2016년 겨울, p. 66.

9) 최영철, 시〈제4호 찜질방〉, 계간《시와 환상》2012년 봄호.

제5장 _ 하느님의 형상을 닮은 "사람", 그의 가장 큰 죄는 탐욕이다

1) 1978년 뮌헨에서 출간된 리젤로테 촌스의 시집 《독립된 자들》에 수록되었다.

2) 1972년에 발표된 시 〈대도시의 통계학〉은 1981년 마이어-타쉬 교수의 엮음으로 뮌헨의 '체. 하. 베크' 출판사에서 출간된 생태엔솔로지 《직선들의 폭풍우 속에서. 독일의 생태시 1950-1980》제3장 '아름다운 신세계' 편에 수록되었다.

3) 시 〈타락〉은 1960년에 처음 발표된 작품으로 《귄터 그라스 시전집》에 수록되었다.

4) 이성선, 시 〈牛黃〉, 《빈 산이 젖고 있다》, 미래사, 1991, p. 30-31.

5) 시 〈인류학 Anthropologie〉은 1981년 마이어-타쉬 교수의 엮음으로 뮌헨의 '체. 하. 베크' 출판사에서 출간 수록되었다.

제6장 _ 나무여, 너의 안부를 묻는다

1) 시 〈청 단풍 한 그루〉는 2004년 《문학과사회》 여름호에 발표된 작품이다.

2) 시 〈어느 자연주의자의 시〉는 2004년 봄 《시와시학》지에 발표되었다.

3) 시 〈나무〉는 1974년 11월 《월간문학》에 발표되었다. 그 후 '창작과비평사'에서 출간된 김현승의 유고시집 《마지막 지상에서》에 수록되었다.

4) 시 〈가을 떡갈나무숲〉은 1991년 '나남'에서 출간된 이준관 시인의 시집 《가을 떡갈나무숲》에 수록된 표제작이다.

5) 시 〈도로공사〉는 1981년 마이어-타쉬 교수의 엮음으로 뮌헨의 '체. 하. 베크' 출판사에서 출간된 생태엔솔로지 《직선들의 폭풍우 속에서. 독일의 생태시 1950-1980》제3장 '아름다운 신세계' 편에 수록되었다.

6) 시 〈나무는 당신들의 적敵이란 말입니까?〉는 1978년에 처음 발표된 후 생태엔솔로지 《직선들의 폭풍우 속에서. 독일의 생태시 1950~1980》제3장 '아름다운 신세계' 편에 재수록 되었다.

7) 시 〈나무 속의 자동차〉는 1995년 '민음사'에서 출간된 오규원 시인의 동시집 《나무 속의 자동차》와 2008년 '문학과지성사'에서 개정판으로 출간된 동명의 시집 속에 수록되었다.

8) 시 〈도시화〉는 1974년에 처음 발표된 후 1976년 하랄트 크루제의 시집 《지렁이들의 반란》에 수록되었다. 1981년 뮌헨의 '체. 하. 베크' 출판사에서 출간된 생태엔솔로지 《직선들의 폭풍우 속에서. 독일의 생태시 1950~1980》제3장 '아름다운 신세계' 편에 재수록 되었다.

9) 시 〈눈 앞의 풍경〉은 1969년에 발표된 작품이다. 1981년 뮌헨의 '체. 하. 베크' 출판사에서 출간된 생태엔솔로지 《직선들의 폭풍우 속에서. 독일의 생태시 1950~1980》제3장 '아름다운 신세계' 편에 수록되었다.

10) 고대 이스라엘 왕국의 제2대 국왕인 다윗이 지은 시로 알려져 있다.

11) 에트랑제(etranger): 프랑스어로 외국인 혹은 이방인을 뜻한다.

12) 시 〈지구의 근황〉은 1991년 '다산글방'에서 출간된 생태엔솔로지 《새들은 왜 녹색별을 떠나는가》에 수록된 작품이다.

13) 《구약성서舊約聖書》의 〈창세기〉에 기록된 도시들이다. 물질만능주의와 문란한 성생활性生活로 인하여 하느님의 심판을 받아 멸망했다고 한다.

참고문헌

(저서·역서·시작품·논문·평론·보도문)

· 고진하·이경호(엮음), 《새들은 왜 녹색별을 떠나는가》, 다산글방, 1991.

· 고형렬, 《리틀 보이》, 넥서스, 1995.

· 고형렬, 《서울은 안녕한가》, 삼진기획, 1991.

· 구승회, 《생태철학과 환경윤리》, 동국대학교 출판부, 2001.

· 귄터 헤어부르거(Günter Herburger, 〈Belle de Jour〉, in: 《Im Gewitter der Geraden. Deutsche Ökolyrik 1950-1980》, hrsg. von P. C. Mayer-Tasch, C. H. Beck, Muenchen 1981.

· 김광규, 시 〈청 단풍 한 그루〉, 《문학과사회》 2004년 여름호.

· 김용민, 《생태문학》, 책세상, 2003.

· 김지하, 《중심의 괴로움》, 솔, 1994.

· 김현승, 《마지막 지상에서》, 창작과비평사, 1975.

· 노유섭, 《아름다운 비명을 위한 칸타타》, 시와시학사, 1999.

· 도정일, 《시인은 숲으로 가지 못한다》, 민음사, 1994.

· 라인홀드 니부어(니버), 《도덕적 인간과 비도덕적 사회》, 이한우 옮김, 문예출판사, 1992.

· 루트비히 펠스(Ludwig Fels), 〈Konsumterror〉, in: 《Im Gewitter der Geraden. Deutsche Oekolyrik 1950-1980》, hrsg. von P. C. Mayer-Tasch, C. H. Beck, Muenchen 1981.

· 류시화, 시 〈어느 자연주의자의 시〉, 《시와시학》 2004년 봄호.

· 마르틴 부버, 《나와 너》, 문예출판사, 1977.

· 머레이 북친, 《사회생태론의 철학》, 문순홍 역, 솔, 1997.

· 머레이 북친, 《사회생태주의란 무엇인가》, 박홍규 역, 민음사, 1998.

· 문순홍, 《생태학의 담론》, 솔, 1999.

· 박설호, 《작은 것이 위대하다-독일 현대시 읽기》, 울력, 2007.

· 변광배, 《사르트르 참여문학론》, 살림, 2006.

· 〈북극 얼음면적 최소치 또 경신〉, 《동아일보》, 2012년 9월 21일.

· 성선경, 시 〈개〉, 《도요문학무크 9》, 도요, 2016, p. 58.

· 송용구, 〈독일과 한국의 생태시 비교 연구〉, 《카프카연구》 제28집, 한국카프카학회, 2012.

· 송용구, 《독일의 생태시》, 새미, 2007.

· 송용구, 《생태시와 생태사상》, 현대서정, 2016.

· 송용구, 《생태시와 저항의식》, 다운샘, 2001.

· 송용구, 시 〈식민지 지구地球〉, 《도요문학무크 6》, 도요, 2014.

· 송용구, 시 〈현대신앙〉, 《창작21》 제36권, 2016년 겨울호.

· 송용구, 《에코토피아를 향한 생명시학》, 시문학사, 2000.

· 송용구, 《직선들의 폭풍우 속에서. 독일의 생태시 1950-1980》, 시문학사, 1998.

· 송용구, 《현대시와 생태주의》, 새미, 2002.

· 신경림, 《어머니와 할머니의 실루엣》, 창작과비평사, 1998.

· 신덕룡, 〈생명시 논의의 흐름과 갈래〉, 《시와사람》, 1997년 봄호.

· 안도현, 《외롭고 높고 쓸쓸한》, 문학동네, 1994.

· 알빈 필, 《생태 언어학》, 박육현 옮김, 한국문화사, 1999.

· 앤서니 기든스, 《제3의 길》, 한상진 외 옮김, 생각의 나무, 1998.

· 에른스트 프리드리히 슈마허, 《작은 것이 아름답다》, 이상호 옮김, 문예출판사, 2002.

· 에리히 프롬, 《자유에서의 도피》(세계사상전집49), 고영복 옮김, 학원출판공사, 1983.

· 엘케 외르트겐(Elke Oertgen), 〈Erde〉, in: 《Erdberührung》, Duisburg 1985.

· 엘케 외르트겐(Elke Oertgen), 〈Wasser〉, in: 《Erdberührung》, Duisburg 1985.

· 오규원, 《나무 속의 자동차》, 문학과지성사, 2008.

· 원무현, 시 〈기계치의 첨단기기 공포증 탈출기〉, 《도요문학무크 9》, 도요, 2016.

· 위르겐 베커(Jürgen Becker), 〈Natur-Gedicht〉, in: 《Moderne Deutsche Naturlyrik》, hrsg. von Edgar Marsch, Stuttgart 1980.

· 위르겐 베커(Jürgen Becker), 〈Sag mir, wie es dir geht〉, in: 《Gedichte 1965~1980》, Frankfurt am Main 1981.

· 이건청, 《반구대 암각화 앞에서》, 동학사, 2010.

· 이동승, 〈독일의 생태시〉, 《외국문학》, 1990년 겨울.

· 이마누엘 칸트, 《도덕형이상학을 위한 기초놓기》, 이원봉 옮김, 책세상, 2002.

· 이선관, 《지구촌에 주인은 없다》, 살림터, 1997.

· 이성선, 《빈 산이 젖고 있다》, 미래사, 1991.

· 이승하, 《생명에서 물건으로》, 문학과지성사, 1995.

· 이준관, 《가을 떡갈나무숲》, 나남, 1992.

· 이하석, 《고추잠자리-이하석 시선》, 문학과지성사, 1997.

· 이하석, 《투명한 속》, 문학과지성사, 1980.

· 이형기, 《심야의 일기예보》, 문학아카데미, 1990.

· 자크 데리다, 《해체》, 김보현 옮김, 문예출판사, 1996.

· 정호승, 《사랑하다가 죽어버려라》, 창작과비평사, 1997.

· 조규형, 《해체론》(살림지식총서 339), 살림, 2008.

· 〈지구는 종말로 향하고 있다〉, 《서울신문》, 2012년 6월 8일.

· 최승호, 《세속도시의 즐거움》, 세계사, 1991.

· 최영철, 《돌돌》, 실천문학사, 2017.

· 최영철, 시 〈제4호 찜질방〉, 계간 《시와 환상》 2012년 봄호.

· P. A. 크로포트킨, 《만물은 서로 돕는다》, 김영범 옮김, 르네상스, 2005.

· 한국시인협회, 《지구는 아름답다》, 뿔, 2007.

· 한스 카스퍼(Hans Kasper), 〈Bochum〉, in: 《Im Gewitter der Geraden. Deutsche Ökolyrik 1950-1980》, hrsg. von P. C. Mayer-Tasch, München 1981.

· 홍성태, 《생태사회를 위하여》, 문화과학사, 2004.